暗躍する外国人犯罪集団《クリミナル・グループ》

齊藤 真

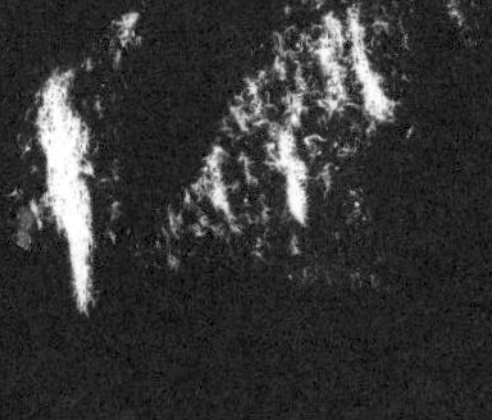

花伝社

暗躍する外国人犯罪集団◆目次

プロローグ

いつの間にか十数冊ほどたまった取材メモをひっくり返してみる。

改めて気付かされたことがあった。

すべては、夜にはじまっているのだ。

夜にはじまって、夜に終わる。夜は、犯罪者を育む。それは故郷を遠く離れた異境だからか。夜という摂理が犯罪者の心に火を点すのか、それはわからない。

ただ、すべては、夜にはじまっていた。


半世紀以上前の米国映画に、偉大なるハム役者グレゴリー・ペックが気鋭の新聞記者役で主演した『紳士協定』という作品がある。そこでの台詞――。

「資料を見て、それが事実というのなら、事実など誰でも書ける。取材しろ。現場に出て独自の切り口を見つけろ」

取材は常に〝会話〟によって成り立つ。資料だけでは、なにも見えない、書けない。

また今日も、夜ははじまる。そして、彼らの〝仕事〟もまた、夜にはじまる。

第1章　粗大ゴミ

「お薦めしませんね、止めた方がいい……」

区役所の職員は電話口でこう言った。

「なぜ？」

「あなたが危害を加えられる可能性が高い。それがわかっているのに、こちらがお好きにどうぞ、などと無責任なことは言えません。そもそも、一体なにを確認しようと仰るのですか？」

役人特有の高飛車な口調を崩さない。決して愉快な話し相手でなかった。わたしはイライラし始めていた。

「僕はただ、どうしたわけで、いま捨てたばかりのゴミが消えてしまったか、それを確認したいだけだがね」

「仰りたいことはわかりますが、お止しになった方がいいのです、そういうことは」

区役所の職員は頑なだった。彼はこちらの反問を避けるように、さらに言葉をつなげる。

「つまりですね、仰るようなことをしているのは、外国人である場合がほとんどだからです。彼らが凶暴じゃないという保証はどこにもない。や、これはあくまで可能性の問題を言っている。誤解をしないで欲しいのです。そのうえで彼らは、自分達がやっていることを犯罪だと知っています。また、彼らは複数でそれをやっています。それを確認するとか咎めるなど、それこそ、危険そのものです」

どうやら、愛すべきこの職員の〝ご忠告〟に頷かなければならないようだ。言うことがいちいちまっとうなのである。

その一方で、わたしは、別の興味が湧いてきている。

「しかし、そこに粗大ゴミがあるなどという極めて細かい情報を、どうやって犯罪を重ねる外国人風情が知ることになるんだろうな?」

「わかりません」

「そこに粗大ゴミを出すということは、出す方と持っていく方、つまりオレとあんたたち行政側しか知らないことじゃないのか?　そうだよね?　当事者間だけが知っている、ですよ」

「そうですね」

あんたたちの誰かが情報を流しているのではないのか——この職員は、わたしが言わんとしていることをなんとなく感じているはずだが、彼の言葉には一向に怯みはない。

「彼らは粗大ゴミの回収日がどの地区は何曜日か、判っているようです。もちろん、こちらが教えたわけではありませんが、同じことを何回もしているとそんなことは自然と判ってくるものでしょう」

「ふん、なるほどね。しかし、それにしても狙い撃ちというか、待ってましたといわんばかりの早業だったがな、数秒というのは大袈裟だが、かといって数分もかかっちゃいない。実際に盗るところを見はしなかったが、そんな感じだったよ。あれには驚かされたがね。それを咎めちゃいけないなんてね、それこそ、泥棒に何とやらじゃないかな」

その日わたしは、大阪に取材に行くために早起きをしなければならなかった。同時に、区役所に予約していた粗大ゴミを、指定された場所に出しておかなければならなかったのだ。

電話付ファクシミリ、電子レンジ、プリンター、それに六畳用電気カーペットと大きなフライパン。これらはみな有料である。ゴミを引き取ってもらうのだから、捨てた方が行政側にカネを払う。わたしは、二回、三回と玄関と捨て場所を往復しなければならなかった。最後のカーペットの簀巻きを出し終え、それぞれに、市専用の粗大ゴミであることを示す大きなシールを貼る。

家の中に戻り、靴を脱いで上がろうとしたとき、わたしは新聞を取り忘れたことに気付いた。もう一度外に出て、何気なくいま捨て終わったばかりの粗大ゴミの群を眺める。

〝ない！〟

思わず声が出そうになった。出したはずの、わたしの粗大ゴミがなくなっていた。

出し忘れた？——いや、いま出したばかりじゃないか。いまそこに出したはずのものが、一瞬のうちにかき消えてしまっていた。十二月のまだ夜も明けきらない七時前のことである。どういうことだ。気味が悪かった。

大阪から帰った翌日、すぐに区役所の粗大ゴミの担当部署に電話をした。予想もしなかった薄気味悪い出来事を、もう一度この目で確認することを、あらかじめ区に伝えるためだ。

電話は続いている。

「彼らが狙っていた、と言うと大変語弊はありますが、彼らは毎日くまなくいろいろなところを回っているようです。出された粗大ゴミがそれこそ瞬間に消え去るようなことは当然起こり得るでしょう。彼らはそれが目的なのですからね」

「これは厳密に言えば窃盗という立派な犯罪になるのではないですか？　いや、こちらも一旦捨てたわけだから、その時点ですでに所有権というか、そういう権利は放棄したことになってしまうのかもしれないがね。どうなんだろう、捨てた粗大ゴミを、勝手に持っていってしまうということに関して――」

「窃盗ですね、それは」

「じゃあ、犯罪そのものじゃないか」

「そうです」

「そこに歴然と犯罪があるのに、放置しておくというのはどうかな。これはやはりきちんと現認して当局に通報しなければならないことだろう」

「その場合は現行犯でなければならないようです」

「だったら、その場にいてその行為を撮影すれば文句はなさそうだな。それを当局に持っていけば一丁上がりだ。携帯電話という便利な道具もある」

「だから、そういうことはお薦めできない」

「危ないから?」

「そうです」

話は同じ円周を回り続けようとしていた。

「そんな事例がこれまでにあるのですか?」

どこか噛み合わない惰性の会話の軌道にちょっとした支線を見つけたような思いがした。

「それは聞いたことがありません。あってからでは、手遅れというものですね」

「そうだろうな。しかしね、毎日粗大ゴミを収集する場所で、厳然たる窃盗という犯罪が発生しているということじゃないか。ただ、被害届を誰も出さないから、警察の犯罪履歴に残らないだけでね。それを見て見ぬ振りをしているということは、そんな外国人の犯罪者というか、犯罪グループなのか、そういう連中の存在をみすみす放置していることになるんじゃないか。それでいいのかね?」

「そうですね、しかし、やはりその場における危険性の方が重要と考えます」

この職員は最後まで口調を崩さず言った。そんなことは当たり前のことだ、と言わんばかりの冷静な口調である。

わたしは、受話器を置いた。

外国人犯罪専門集団「クリミナル・グループ」

児童虐待という犯罪は年々増えているそうだが、それを認めたとき、全国民に通報の義務があるそうだ。ところが、〝外国人による粗大ゴミの窃盗〟はその逆らしい。見て見ぬふりをしろ、と担当の吏員は言うのである。

職員が言う〝外国人たち〟とは、いわゆる「クリミナル・グループ」ではないのか、わたしはそう直感した。郊外の住宅地でも、彼ら外国人犯罪専門集団が定着しようとしている——。

わたしは前作『世田谷一家殺人事件——侵入者の告白』(草思社)から続けて、この国に入り込んでいる「クリミナル・グループ」を追いかけていた。わたしにとっては、もう意地に近いものがあった。彼らの行動パターンをどうしても掴みたかった。

だが、彼らは容易にその実態を見せない。ある日突然、犯罪という形で結果だけを残す。その爪痕からだけは、こちらは何も判らない。

わたしにしても、前作をまとめるまでそんなグループの存在を知らなかった。数々の取材を通じて彼らの所業に触れ、〝無知の安心〟という状態に置かれている我が身を知って慄然とさせられたものである。

ただ、前作の取材においてもそのすべてを知ったわけではない。また、彼らの姿形はもとより、生態などは日々変化しているに違いない。

だからなおさら知りたいのだ。末端でもいい。その欠片のような存在でもいい。グループ側にいた人間から出来るだけ話を取っていきたい。それを積み重ねて、自分のなかで彼らの存在を揺るぎないものにしたい。

わたしは、そこに「グループにいたらしい人間がいる」と聞けば、ルートを尽くして会ってみようとした。それが真偽いずれも判断できない者であっても、まずは会う。話を聞く。なにしろ相手は、なにひとつ定義のないグループなのだ。そこには明確な契約書もなければ、名簿などもない。〝掟〟のようなものはあっても、組織自体の約束などあるわけはない。どの集団を「クリミナル・グループ」と呼ぶのか、それすらハッキリしていない。

恐らく雲を掴む方が理論上可能ではないか、と思われるような作業である。それでもわたしはそのグループの実態を知りたかった。一人でも多くのグループメンバーに会って、彼らの存在を明瞭にしなければならない、そんな衝動がときどき突き上げてくるのだ。それは前作の禍根に依拠する。

粗大ゴミひとつ出すにしても、区役所の職員がそこにある犯罪を「相手は外国人で危険だから」と言い、「見て見ぬ振りをした方がいい」と忠告してくれるのだ。

少なくとも十年前には、そのようなことを声高にいうような、さばけた公務員はいなかったはずである。そこにある犯罪を見かけたら、なにはともあれ、「当方に通報して欲しい」と言うのが当局や公務員の決まり文句ではなかったか。わたしが住んでいるのは典型的な新開地である。それこそ、無知の幸福が住民の間をたゆたいながら、やがて沈着していくような地帯である。そんな地域で行政に携わる者が、「犯罪の摘示よりも身の危険を第一に考えて欲しい」と忠告するのだ。

わたしは、考え込んでしまった。こんなところまで、あのグループは侵攻してきていたのか。動機も手段も、また、倫理も一切問わない集団が、どうしてこんな平々凡々たる住宅地に侵攻せねばならないのか。平々凡々たる住宅地だから、かえって侵攻しやすいのか——。

〝獲物〟に飛びついたグループ

知らない間に〝彼ら〟の怖さが肌で感じられる距離に来ている、という耐えがたい圧迫感を意識する一方で、わたしは、これはひとつのチャンスではないか、と考えるようになっていた。なにか策を弄さなければなかなかお目にかかることの出来ない〝グループ〟に、なんらかのコンタクトが出来るのではないか。

区役所の窓口に粗大ゴミを出すことを告げてから、実際にゴミを引き取りに来るまで、二週間ある。わたしはこの二週間を一日千秋の思いで待った。

指定の日の早朝、六時半には数点の粗大ゴミと定義づけされた物品を屋外に出す。前回が同じような時間だった。彼らはこの時間を狙っているはずなのだ。

ガレージの横の一般的な冷蔵庫の底辺と同じくらいの狭いスペースにそれらを置く。これも前回通り。ちょうどそこは、数段上った居宅入り口から見下ろせる場所である。本当に粗大ゴミを持ち去る外国人グループがいるとしたら、その位置からすべて見下ろすことが出来る。一二月半ばなのでその時間でも少々暗い。まだ陽は明け切っていない。寒いのを我慢して、わたしはじっと待った。

六時四二分――。

「あれだな」

わたしが数分前に捨てた粗大ゴミのそばに一台の黒いワゴン車が近寄ってきた。撒き餌に引き寄せられた獰猛な獣のようだった。車全体で神経をとがらせ、あたりを窺っている。

ヘッドライトは消されている。わたしは寒さも忘れて、息をのんでその様子を上から見つめていた。胸の鼓動は否が応にも高まる。

ワゴン車が停まらぬうちに二人の男が同じドアから続けざまに降りてきた。その車は完全に停止しないうちに今度は速度を上げて走り去っていこうとしていた。その間、降りた男二人は仕事を終え、再びワゴン車に乗り込む。

車が走り去ったあと、わたしが出した粗大ゴミのうち、小型コピー機、オーブントースター、それにファンヒーターがなくなっていた。そのほかのマットレス、組立式のキャビネットなどは、一指も触れずに取り残されていた。

その仕事の間、黒っぽいワゴン車は一秒たりとも完全に停車することはなかった。また、ようやく明けようとしている空の下では、残念ながらそのナンバープレートを目視することはできなかった。ワゴン車から男が二名、勢いよく飛び出し、まるでクビに掛けられた見えない太いゴムで引き戻されるように、瞬く間に車中に引っ込んでしまった。わたしは、そんな忙しげな情景を数秒、半ば呆然と眺めるだけだった。

車の外に出て〝獲物〟を拾い上げた一人（車が死角を作ってその様子は見えなかった）が、こう叫んでいた。

「야，빨리 해라！（早くしろ！）」

わたしのその日の収穫は、その〝言語〟だった。

粗大ゴミの持ち去り犯人が外国人、すなわち、「クリミナル・グループ」だと判った今、彼らの源を突き止めたいという思いはわたしのなかでより高まった。

彼らはどこにねぐらを構え、どこから湧き出しているのか――わたしは次の回も、粗大ゴミを出すことにした。

次に粗大ゴミとしてなんとか絞り出したのが、もう使い物にならない日電（ＮＥＣ）製のワープロ、通電しないで鳴らなくなってしまったヤマハ製のベースアンプ、それにダミーの、一人暮らしの時から使っていた薄汚い毛布を出すことにした。

三回も立て続けに粗大ゴミの収集を依頼するわたしのことを覚えてしまった例の区役所職員は、電話口で「よくありますね、ゴミが」と皮肉混じりの呆れた声を出した。

その日は、二〇〇七年最後の粗大ゴミ収集日だった。六時半。予定通り、例のシールを貼ったゴミの群れを指定の場所に出していく。ひとつひとつ粗大ゴミを置いていく度に辺りを見回す。例のワゴン車はいないか……。最後のゴミを出し終わって、わたしは家の中に入るふりをして、前回見張りをした場所にうずくまった。

六時四一分——。

「来た！」

その時初めて気付いたのだが、黒いワゴン車は目的の粗大ゴミに寄ってくる時、エンジンを切っていた。ニュートラルのまま車を寄せていたのだ。ワゴン車は、音もなくわたしが出した〝獲物〟に近づいてくる。

「相模　55　39—4×」

これを記憶に刻む。メモに眼を落として字を書き込むような時間はない。その間にも見下ろしている場面は急展開するのだ。

ワゴン車から男が二人降りてきた。タイヤは回転を止めていない。絶妙の運転技術である。男たちは降りてすぐに獲物を掴むと、車に戻る。その瞬間、男たちの顔が見えた。二人ともまだ若い。東洋人。一人は首筋に痣があった。二人ともグレーの作業着を着ていた。

男たちを乗せたワゴン車は、今度はエンジンをかけて走り出した。仕事を終えたのだから、多少の音は気兼ねなく出せるのだろう。車内は丁寧に貼り付けたスモークでまったく見ることはできない。

六時四二分――。

今回は〝仕事〟に一分はかかっている。彼らにしてみれば、これは遅い方だったに違いない。寒さが勘を奪ったか。

ワープロとベースアンプだけが、その場所からなくなっていた。

グループの尻尾をつかむ

わたしはそのあと朝食を摂り、一一時を回るのを待って、あるところに電話をかけ、調査を依頼した。その電話の回答は夕方あった。

「齊藤さん、判りましたよ。あれはですね。相模原市上溝××××。株式会社ミトクの所有ですね」

「ミトク？　どういう字を書きますか？」

「カタカナです」

「わかりました。ありがとうございます。請求はいつものところでお願いします」

この電話の相手に、ミトクなる会社が何をやっているのかを聞いても無駄なことは分かっていた。ここまで分かれば、あとはそこに行きさえすればよい。わたしは早速、自分の車を出してそこに行くことにした。

津久井道を西に向かい、ＪＲ相模線上溝駅を過ぎ、三叉路を南下する。しばらく行くと、右側に広い空き地が広がっている。適当なところで空き地に車を乗り入れ、辺りを見回す。往来からずっと離れたところに、トタンで囲んだ一角が見える。目を凝らすと、そんな場所が二、三ヶ所あった。地図で見ると、そのいずれかのようである。ほかに会社らしきものはまるで見当たらない。

空き地の向こうに高等学校らしい校舎が黒いシルエットを見せている。そろそろ日が落ち始めていた。冬の日暮れは早い。わたしはトタンに囲まれた場所のひとつを選び、そこに向かって歩き出した。

一つ目は、ただ、がらくたが積み上げられているだけだった。使えそうな木材も野積みになっている。二つ目の場所がどうやらそれのようだった。トタンに囲まれたなかに、プレハブの飯場のような低い二階建ての小屋があった。人の気配がする。一つ目とは違う、〝稼働〟の空気が漂っていた。

トタンに囲まれた敷地内にさらに別のトタンで囲まれた部分があって、そこにはぺしゃんこに潰された車がまるでできそこないのパイみたいに幾層も重なり合って放り出されていた。わたしは迷わずプレハブのドアに手を掛けて引いた。

「ごめんください」

妙な匂いがしていた。その小屋のなかを見て、あっと思った。入り口近くまでモノで溢れているのだ。モノが壁を造って、奥まで見せないようにしていた。その壁を構成しているもののなかに、きっとわたしの電話付ファクシミリや家庭用のコピー機、オーブントースターやさっき持っていったベースアンプ、古ぼけたワープロが混じり込んでいるに違いない。物の壁が遮るのか、わたしの声がビクついているからか、見えない奥からはなかなか人の声が返ってこなかった。

「誰かいませんか？」

日が昏れてきた。もう一声掛けて誰も応えなかったら出直そうと思った。内心、早く立ち去りたかった。不気味なのである。その時、いきなり後ろから声をぶつけられた。

「あんた誰？」

「いや、あの、こ、こちらは、ミトクっていう会社ですか？」

「あんた誰？」

眉毛の薄いひげ面の中年男が怒ったように、わたしに向かって尋ねている。長いスタジアムジャンパーのようなものを着ている。こいつはずいぶん前に流行ったシロモノだ。

「いえ、その、わたしは取材で、ミトクっていう会社を訪ねに来たわけでして」

この男の眼光は立ち直りの機会を与えてくれない。

「取材？　関係ないね」

「あの、ミトクっていうのは、ここですか？」

「知らないな」

「おかしいな、確かにここなんですがね……。ああそうだ、思い出した。黒いワゴン車をお持ちでしょう?」

男の顔がますます険悪になっていくのがわかった。いきなり飛びかかってきそうな姿勢になっていた。こいつの仲間だって、見えないところに潜んでいそうだった。いや、そのときは間違いなくいたはずだ。わたしの行動は最初から逐一、見張られているようだった。

「そんな車、ここのどこにある。帰ってくれ」

男に躙《にじ》り寄られて敷地内から出された時、入り口に当たるところに立っていた柱の下の方に、〝美徳〟という文字を見た。わたしはそこが、ミトク社であることを確認していた
無断でトタンに囲まれた敷地内に入ったのは咎められて然るべきだが、その中年男は端から敵意を剥き出しにしていた。

その日は、帰ることにした。空き地の片隅に放り出していた車はなんとか無事だった。潜んでいた仲間に先回りされて、使いものにならないようにされていたかもしれない。そのくらいはしそうだった。

「ヤード」なるものの存在

その翌日、わたしはすぐに二人の知り合いに電話をした。一人は神奈川県警国際捜査課の種村という刑事(警部補)と、もう一人は相模原署の田丸という巡査部長刑事である。

「外国人犯罪グループのアジトみたいな場所っていうのはありますか?」

「ヤード。外国人犯罪グループの拠点、要するにアジトだよ。このヤードを（警察）本部レベルで監視しているのは、うちと兵庫（県警）だけだな。あんたがずいぶん前から追いかけている外国人犯罪グループだよ。『クリミナル・グループ』。フフフ……」

種村刑事は、そう言って笑った。

「ははあ、なるほどね、ヤードというんですか……」

「あんた、それがどうした？　そんな場所知ってるの？　どこ？」

「いや、そんな感じのところに昨日なんですが、行ったんですよ」

「どこ？」

「相模原」

「うーん、もっと具体的に言ってくれないか。あんたが見て、やっぱりそんなところ？」

「行ってみましたよ。そこは表向きは自動車の解体工場かなんかやっているみたいだった。潰された車が不味そうなサンドウイッチのようになってましたよ」

「ヤードというのは、多くは自動車解体工場だとか一廃（一般廃棄物）の処理工場の看板を掲げている」

「それなら間違いなさそうだな。そこ、ミトクっていう会社、それも株式会社なんだけど、（産業廃棄物の処理を）やっていることになっているようなんです。ただしそこには、看板もなにもないですよ」

「ミトク？　妙な名前だな。どんな字を書くんだ」

「カタカナです。表向き。多分〝美徳〟と書くんじゃないかと思うけど。前株。業種は表向き、よくわからない」

その会社は、登記上カタカナであろう。黒いワゴンの所有者を調べた者は実際、陸運局あたりに登記されたものを見ているはずだ。

「どうしてそんなところに目を付けたの？　……あ、その前に、そのミトクがどこにあるのか、詳しく教えて」

「相模原市上溝×××。相模線の番田って駅が一番近い」

「確かに、ヤードは県央部に多いんだよ。そうすると、あんたはそこに行ったわけだな。どうだった？」

「日本語を喋る東洋人がいた」

わたしは黒いワゴン車に乗ってわたしの粗大ゴミを奪っていった男たちが、日本語を喋らないことを知っている。あの長いスタジアムジャンパーを羽織っていた男がまず日本人ではないだろうということも確信していた。なにしろ、あの黒いワゴン車は、あのミトク（美徳）という会社の所有なのだ。

わたしは、そこまでで一応満足していた。種村刑事はためになる知識をくれた。ヤードなるものの存在である。あのミトクなる会社は、間違いなくそのヤードに違いあるまい。

県央部に集中している、表向きは自動車解体工場であるとか一般廃棄物の集積場、この重要な要素をいずれも備えている。むろんそこにいたのは、日本語を話すかもしれないが、実際は国籍の違う東洋人、それも北東アジアである。とっさの場合に母国語が出るのは自然なことだ。車から飛び降りてきた男たちがその母国語を口にしたのも、わたしはこの耳で聞いている。

わたしは今度は相模原署の田丸部長刑事に電話をした。それとなく水を向けてみると、彼の口から案の定、「ヤード」という言葉が出てきた。

「ヤード？　ああ、外国人犯罪グループのアジトですね」

今度はわたしも心得たものである。

「そう。あんた、そのこと聞いてくるということは心当たりがあるな。違うか？　それがどこにあるのか知っているの？」

「田丸さんの管内にあると見ているんだけどな」

「うちは、兵庫（県警）と違ってヤードは公表していないんだがな」

「公表されたものには興味がない。どうせバイアスかかっているんだろ？」

「そんなことは知らない。県警本部に聞いてくれ。それよりうちの管内というのはどういうわけだ。詳しく聞かせろよ」

「僕は、僕が聞きたいその場所をあんたたちがすでに目を付けているかどうか、それが知りたいんだ。それを言うから、目を付けているかどうか素直に教えて欲しい」

私は昨日訪ねた場所の住所を告げた。

「わかるね」

田丸部長刑事は、すぐにそう言った。やはり、あの妙な場所は、当局の目に入っていたのだ。

「僕の見たのは、ミトクって会社だったが……」

「ああ、確かにあるね」

そう言って田丸部長刑事は電話口の向こうでしばらく黙ったあと、こんなことを言った。

「齊藤さん、老婆心ながら言うが、そういったところにあんまり突っ込んでいかない方がいい。齊藤さんが、ああいう外国人の犯罪グループを追いかけているのは知っているし、突っ込みたい気持ちも判るが、身の程ってものもあるよ。気をつけた方がいい」

「身の程は弁えているから、その辺はご心配なく」

田丸部長刑事から、〝ミトク〟の名前が聞けたのは収穫だった。わたしの取材の方向性は間違っていなかったのだ。三回も粗大ゴミを出した甲斐があった。お陰で家には何もなくなったが。

〝相模原参り〟と韓国人フィクサー

田丸部長刑事との電話を終えたあと、わたしは最寄りの法務局に飛んでいった。そこで、ミトク（美徳）の登記簿謄本を取得する。謄本には次のことが書かれていた。

株式会社ミトク
目的　1．一般廃棄物の収集並びに処理業　2．自動車等の解体業　3．家電等のリサイクル業　4．その他上記に付帯する業務
設立　平成十一年五月×日
役員　星山昌鎬　白俊基　辛栄星　金山重植　峰岸伊知郎

わたしは早速この謄本を携えて、あのトタンで囲まれた妙な場所にもう一度行くことにした。

「お話、聞かせてくれませんか？　ほんの少しだけでもいい」

鬱蒼とした顔で出てきた男は、ジャージのポケットに手を突っ込んだまま、わたしをじろじろ睨めまわした。

「用はない」

わたしは登記簿謄本を見せた。

「ここにこの会社のことが書いてある。それでもあなたはここがミトクという会社ではないと仰るんですか？」

「そんなものになにが書いてあるか知らないが、関係ない」

「失礼ですか、あなたは、星山さんですか？」

「誰だそれは？」

「だったら白さんですか、それとも辛さん？」

　謄本に掲載されている名前を片っ端から言ってみた。男は小馬鹿にしたような笑いを浮かべて、「誰だよ、それは」「寝惚けているのか」などとうそぶいた。

　私は膠着状態になればその日は引き上げ、後日また向かった。こんなことを相模原のはずれで何度繰り返したことか。男もいい加減わたしを相手にしなくなり、わたしが来ても無視するようになった。

　結局、この〝相模原参り〟は実らなかった。その間に年は変わった。

　ただ、別な筋から新たな展開が開けてきた。その新展開の先に、予想していなかった広がりがあった。

「齊藤さん、あいつらは隠れて『ケイズ買い』をしているらしい。小物ばかりじゃない。車もやっているそうだよ」

　千葉市界隈でいくつかのパチンコホールのオーナーをしている全氏が呟き込むような調子でこんなことを言った。

「『ケイズ買い』？」

「そう。本来、ひとつのグループだけでやるもんじゃない。けど、彼らはどうも単独でやっているようだ。そこで目を付けられたら、ほかのグループが迷惑するんだがな」

　全氏は眉を吊り上げた。

「『ケイズ買い』というと、要するに、贓物《ぞうぶつ》の買い取り屋ってことでしょう？　ずいぶん古い言葉ですよね。今でもそんなこと、誰かがやってるんですか」

「やっている奴らはやっている。古くからあるが、今でも儲けは大きいね。扱う品物が違ってきているからな。ただアシがつきやすい。だからわれわれの知っている範囲では、あのグループはとりあえず、手を出すことを禁止しているはずだ」

「なるほどね。その、知っている範囲というのは？」

「絶えず仲間内に目を凝らしている範囲にいる連中、という意味だよ。決して仲間じゃないがね……。ムツカシくてややっこしいが、そのあたりはあんた、わかっているだろう？」

全氏は、目尻に皺を寄せながら、分かりきったことだ、というような顔をしてそう言った。

相模原の〝ミトク〟を見つけて以来、わたしは、三日に上げずそこに行っては彼らに食い込もうとしたが、全くの徒労に終わっていた。寒さが身に沁みる季節で、わたしも本当に懲りていたが、ただ通いつづけるしか手は思い付かなかったのだ。

そんなときふと、前作『世田谷一家殺人事件』の取材で随分と世話になった全氏のことを思い出した。全氏は、日本にいる韓国人を中心にした様々な意味での人的集団を、取りまとめている一人である。このような人は実はもっと多くいるのかもしれないが、わたしはこの全氏しか知らなかった。ただ、全氏しか、という矮小な見方は全くの誤りで、全氏のような人物を一人でも知っていることの意味の方が、実は大きい。

全氏に相模原の〝ミトク〟の有様を伝え、彼らと接触したい旨を伝え、それにはどうすればいいか、また、それに協力して欲しいと申し添えた。図々しい話だが、わたしは精神的にも肉体的にも切羽詰まっていた。要はメゲていたのだ。

「齊藤さん、またなんでそんなことに首突っ込んでいる」

「前から僕は変わりませんよ、あなたと知り合った時からね。『クリミナル・グループ』の生態を知りたい、それだけですよ」

全氏はわたしの話を聞きながら大きく溜息を吐いた。

「ところが、彼らは今までわたしのアンテナに一度も引っ掛かってこなかった。わたしの家の周りでももう前からだろうが、動き始めている。だから知っておきたい」

「ふん、それだけ？」

「彼らにはすでに、神奈川県警も目をつけ始めている。いや、つけ始めているというより、監視し始めてからだいぶ経っているといった方がいい。それはヤードとしてですよ。ヤード、知っているでしょう？　わたしが嗅ぎ回るのはもう遅いくらいです。手垢にまみれちまっているんだ。いや、別に警察と競い合おうなんてことを思っていません。ただ、いろんな意味で彼らの実態を知りたいのです」

「あなたなりに証明してみせなければならないこともある……。そうだろ？」

全氏にはすっかり見抜かれているところもある。いろいろ言われた前作の新たな証明という作業は、わたしに背負わされた荷物でもあった。

　全氏は、前作において極めて重要な〝ブツ〟を提供してくれた人である。それは、世田谷一家殺人事件の〝ホシ〟の〝がんくび〟、つまり顔写真である。その〝ブツ〟は複写したが、うち一枚は、警視庁の捜査員に密かに渡している。それが今その捜査官の手元に留まっているのか、あるいはほかのところで彷徨っているのかは、わたしにはわからない。警察特有の縦割構造がそれをどこかの隙間に落とし込んでしまっていても、わたしが咎めだてできることでもない。ただ、わたしが重い荷物を背負い込んでいるという現実があるだけだ。全氏はそれを充分知っている。

　そこでわたしは、相模原の手詰まりになっている例の一件について、全氏に協力を願うことを思いついた。全氏ならば、おそらく相模原のはずれで蠢くグループの誰かを知っているはずだ。全氏は、そんなわたしの一方的な思い込みに近い、正式な依頼にもならない依頼に顔を顰めながらも応じてくれた。

「まあ、聞くくらいならね。いいでしょ、わかるかわからないか、それこそ判らない。それでもよろしいね？」

「もちろんです」

　この依頼において、わたしと全氏との間に特別なやりとりはない。ただ全氏のような人が、好意や人情のようなものだけでそのような面倒を請け負うはずはない。ここにも全氏なりのある種の〝計算〟が働いていることを、わたしは知っていた。しかし、それがどのような内容なのか、目を向けることもしなかった。それこそ、余計なことなのだ。

全氏から連絡があったのは、協力要請から十日くらい経った頃だった。それが、「ケイズ買い」の話だった。

「あの〝ミトク〟は漢字で〝美徳〟と書く。代表は星山昌鎬、本名は徐昌鎬だ。元々横浜周辺を仕事場にしているグループだけれど、当然、パチンコホールには幾人も同じグループの連中が出入りしている。ただし、〝登録外の仕事〟をやることは、誰からも認められない。それで、日本の警察から目を付けられるようなことがあったとしたら、なおさらですよ」

全氏は、ここで不意に笑った。

「あなたも知っている通り、グループのなかにはこの日本に不法に滞在しなければならなくなっている者もいる。それでも、生きていかなくてはいけない。これは誰にも与えられている権利です。また、やっぱりグループを作っていかなければいけない。そうでなければ、〝仕事〟にありつけない。当然のことです。だから、彼らにはちゃんとしたルールっていうのがあって、それをみんなが守っていかなければならないのです。これは最低限の決まりごとね」

「クリミナル・グループ」におけるいわば〝規律〟は、多少だがわたしもわかっているつもりだった。全氏の言う〝みんな〟というのは、外国人グループ全体のことをいっているのだ。そのなかでの〝ルール〟であり、〝仕事〟であり、果ては〝決まりごと〟または〝利害〟なのである。これは、「クリミナル・グループ」だけではない、外国人グループの全体に敷衍された、最も基本的な〝ルール〟である。

彼らの内輪での駆け引きが生じる罅《ひび》が口を開けている。そんな余地は実はいつでも、いくつもある。その罅を上手く渡るか、あるいはなんとかバランスをとりながら伝って、誰が向こう側にある〝利〟を手にするか、単純ではあるが、一方で危険も伴う駆け引き《ゲーム》なのだ。

そんな駆け引き《ゲーム》が繰り返されるのを横目で見ながら、わたしは自分に有効な結果が出るのを待っている。いずれにしても、わたしが持ち込んだ〝ミトク〟の情報は、全氏と同社の間に小さくない罅を生じさせたようだった。

その駆け引き《ゲーム》がどのようなものであったのか、もしかすると愁嘆場が演じられたかもしれないが、そのようなことをいちいち気にしていたら、こちらの身が持たない。罅が駆け引きまで高められた、そしてその結果が出て、どうやら全氏側に〝利〟が落ちてきた、そのことだけがわかればよかった。

とまれ、その結果は、わたしに〝おこぼれ〟のようなものとして降ってくることになる。

「あのグループは、外国人グループが守らなければいけない決まりを守らなかったのですね」

「つまるところ、そういうことです」

「それが例えば、『ケイズ買い』ということだった?」

「それもある。さっきも言いましたでしょう、『ケイズ買い』というのは、以前のように時計や宝石なんていう小物ばかりじゃない。車、それも一千万円もするような車なんかが主流になってきているんです。実に大掛かりな『ケイズ買い』集団ですわ。これが警察当局に目を付けられないわけはない。そんな大掛かりな仕事が危ないっていうのは誰もわかり過ぎるくらいわかっているはずなんだ。彼らにはそうした警戒心が薄かったのだ。爪の先を伸ばしてしまって、物事の先を読むことをしなかったのだ。われわれが彼らのことをある程度認知していたら、われわれは彼らを絶対に防御するのに……」

なるほど――。

「すでに、あのグループには、全さんの方からなにか……」

「ははは……。そんなことは齊藤さんが知っていても仕方がないことですね。気になりますか？　あなたが気にしているのは、あの星山たちのグループから誰でもいいから直接話が聞けるようになったかどうかってことでしょう？　……なりましたよ」

全氏にしてみれば、わたしが持ってきた情報の謝礼として、こんな安上がりなものはなかったに違いない。情報の価値を瞬時に判断できるか否かは、異国で生きなければならない異邦人にとってみれば生死を分けるメジャーとなる欠くべからざる能力である。この能力なき者は死ぬ。

ついに接触成功

「星山さん、ようやくここまで来ました」

本音がつい口をついた。

星山はこれまで何度も会っていたのに、まるで初対面のような顔をして、傾きかけたプレハブの引き戸を軋ませて入り口に現れた。これまで散々、邪険な顔をしてシラを切っていたことなどまったく気にしている風もなかった。

「なにを聞きたいのですか?」

日本人による日本語とはどことなく違うニュアンスを携えた不思議なトーンだった。

「今でも、今までと同じように、『ケイズ買い』中心の〝仕事〟をしているのですか? ホラ、各地の粗大ゴミから回収前に持って来ちゃうようなことも含めてです……」

星山は、しばらく黙ってわたしの顔を眺めていたが、「『ケイズ買い』? それはなんだ」と聞き返してきた。

「盗んだものなんかを秘密に売ってしまう集まりのことさ」

「도품구입のことかな……」

言葉がよくわからない。韓国語と日本語がちゃんぽんになっている。

……神奈川県警国際捜査課の種村刑事は、アジア系外国人による「ケイズ買い」、さらには、盗難高級車の秘密市場についてこう語った。

「高級車の盗難といってもね、奴らもそこは考えていて、盗んできた車をそのまま秘密の市場で捌いたりするわけじゃないんだ。以前はそういうこともしていたがね。車一台丸ごと港まで運んできて、船に乗せていたりしたけれど、今はそういうことすると一発で港で捕まっちまう。彼奴らは今は車をバラして、部品を秘密の市場で売り捌くようにしているんだ」

「高級車を解体する？　なんだかもったいないような気もするね」

「どうせ盗んだものだ。奴らにしてみればかまうこっちゃないってところだろうよ」

種村刑事は、思い出したようにこう付け加えた。

「そんな『ヤード』が――ああ、そういうのを『ヤード』っていうんだけどね、それが相模原界隈に多いのはわけがあるんだ。解体現場は山のなかがいいよな、人目に触れないんだからね。ところが解体して売り捌いて、それを外（海外）に持ち出すには、港が近い方がいい。このふたつの条件を揃えているのが最も都合がいいわけだがね、神奈川には神戸と違ってこのふたつが至近距離にあるような場所はないんだな。そこで奴らは考えた。相模原ならば、大きな国道がふたつも（南北）縦に走っている、日本最大の港に向かってね。国道を走れば大きな港に自動的に着く。だから相模原に『ヤード』が集中しているんだな。日本で最も『ヤード』は多いとされている兵庫なんかは解体現場と港が離れていないようだがな。あそこは横浜と違って地形が違う。神戸は港から山が近いもんな。その場所その場所によっていろいろなんだ」

「……」

「どういうわけか相模原あたりの『ヤード』は、韓国や中国系が多いね。神戸あたりじゃロシアが多いっていわれているけれど、なんとなく面白い分布だよな。あんたなんか興味あるんだろう？　こっち（神奈川）の方に」

「まあね――」

「いずれにしてもいろんな〝必然〟があって、『ヤード』があるわけだ。しかしなんでもかんでも外国人犯罪グループの拠点を『ヤード』と呼んでいるわけじゃないぜ。犯罪も細かく色分けされているからね、一色では括れないってことだ」

「そんなことをしながら、従来からあった小物を対象にした『ケイズ買い』もやっているんだな」

「それもこれも同じことだろう。秘密の市場はなんでも受け入れる。最近は高級車の部品の方が高くつくということだろうがな」

「もちろん、そんな小物のなかには、拾ってきたものもあるんだろう?」

「あるね、小物とは言い難いが、特に家電製品は奴らの間では人気のようだ。使えるものでも平気で捨てるからな、ここ（日本）では」

……わたしは、ちょっと前に聞いていた種村刑事との会話を思い出しながら、星山に訊いた。

「どこかで集めてきた品物を、仲間内に転売するような〝仕事〟ですよ。最近は車なんかも扱っているようですな」

星山はニヤニヤ笑うばかりで、〝うん〟とも〝違う〟とも言わない。

「まあいいや、ところであんたたちの仲間にはけっこう乱暴なグループもいるんじゃないのかい?」

「乱暴?　いないわけじゃないが、わたしたちはそういうことはしない。ただ、そういうグループは間違いなくいるよ」

「そういうグループはどこに行ったら会えるのかな」

「さあね、それをオレの口から聞こうと思ったのか？　それは無理な相談だ」

「ここ十年で、なにかとんでもない大きな事件に関わった奴を聞いたことないか？　噂でもいい」

「……」

星山はわたしの顔をまっすぐに見ながら、〝どうもわからん〟というような表情をしながら首を傾げた。

「乱暴なことをしでかす特殊なグループってのがあるんでしょう？」

「……」

「わたしはそういうグループのことを詳しく知りたいんです。できれば過去の〝仕事〟とかを中心に知りたい。そういうグループの人にも会いたいんだ」

わたしはなかば必死になって、星山にそう言った。

星山はしかし、その後、五回も六回も会わなければ、わたしの〝頼み〟を叶えてくれなかった。

その間、わたしは星山に頼み続けた。

全氏の星山への〝通達〟の効果が切れないうちに——。

第2章　豊明一家殺人放火事件

「あんたのこと知っているっていう若い男がいるんだ。会うか？」

わたしは、星山のその言葉を直ちに受け入れた。最初にこの男のすみかだかアジトだかわからない〝ミトク〟に押しかけてから、もうゆうに半年以上は経っている。

わたしは星山からの連絡で、少なからず浮き足立った。

全氏と星山との駆け引きで何が生じたのか、あるいは滅したのか、そんなことはまったく知る由もないが、こういう形でわたしのリクエストが応えられるとは、むろん心の底では期待はしていたものの、それ以上の成果だった。

星山は、今度は同じ相模原市内でも〝ミトク〟のある地帯とは多少趣の違った場所を指定してきた。津久井道を西に行って国道一六号線を横切り、しばらく行くと、「星ヶ丘」という標識をかかげた十字路にぶつかる。それを左に曲がってまたその先の路地を入ったところに、「オジョリ」というお世辞にも清潔とはいえない韓国料理屋がある。カタカナで書かれたサインボードは〝オ〟の一部分が割れ飛んでいた。ある晩、わたしはその店で星山に会っていた。

星山の横には三十過ぎの男が座っていた。顎に無精ひげを生やしていて、それが時おり抜けていく風で揺れたりしていた。男は眼が細く、ついでに上唇は薄く、全体的に平板な感じ——つまり典型的な朝鮮系の面貌をしていた。体つきは細く見えるが、筋肉は発達していそうだった。

「あの、あなたがわたしを知っているっていう——」

星山は、わたしを制した。

「鄭は——あ、彼は鄭というんだが、日本語はほとんどしゃべれない。私が中に入る」

「너, 이 사람을 알고 있다고 말하고 있었다（おまえ、この人のこと知っているって言ってたろ?）」

男は頷いて、わたしにむかってなにか話し始めた。

「ふーん、そうか。齊藤さんのことは、あんたが書いた本に出てくる韓国人から聞いて知っている、というんだ。いや、全さんのことではない。全さんは私が知っているが、鄭は知らない。あんた、本を書いてそこに韓国人が登場しているんだろう?」

星山はわたしの前作を知らない。

「誰だろう」

鄭がなにか言った。

「あんた、大阪の〝張〟という人は知ってるの?　漢字で〝張る〟って字を書く」

「大阪には韓国人の知り合いが多いが、張という人は知らないね」

横合いから鄭が口を出した。わたしは、その韓国語の流れのなかから、〝キノシタ〟という単語を耳にした。

「ああ、木下さんならよく知っている」

星山が訳してくれる前にわたしの方が口を出した。あの木下氏の？――わたしは多少の感慨と、それより少し多めの感傷を感じていた。

「あなたは大阪にいたのですか？」

星山が鄭の方を向いて話す。

「そうだとよ。確かにこの男は大阪に長くいたよ。こっちに流れてきたのが、そうね、五年くらい前だった」

別に木下氏が自らあの本のことを吹聴したわけではないだろうが、あのような狭い世界の話は、たちまち伝播してしまうのであろう。鄭はそういう曖昧な形で木下氏とわたしの関係を知ったのだ、わたしはそう勝手に解釈するしかなかった。突っ込んだ話をするには、どうしても言葉が壁になってしまう。星山の通訳などあまり当てにはできなかった。

「ただ鄭は、その本なんかのことを話に来たのではない。もうひとつのことを話しに来た」

「もうひとつのこと？」

「あんたは、乱暴なことをするグループがいないか？　と聞いてきた。鄭はそんなグループにいた。だからグループのこと話せ、とわたしが言ったんだ」

鄭はかつて、乱暴なことをする韓国人を中心とした犯罪グループにいたという。しかし、この鄭は、きっと今でもそういうグループに属しているはずだ。染みついた体臭を消すことは出来ない。

鄭の話は、世田谷一家殺人事件については鼻白むものに過ぎなかったが、別の件においてはいい意味で案外だった。

「鄭はこう言っている。五年前に名古屋のはずれで起きた一家殺人放火事件を知っているか、とね。そして興味あるか、とも聞いている」

五年前にそんな事件があったか？　わたしが首を傾げていると星山は、

「父親以外の一家が殺されて、そのうえ、その家は犯人が火をつけた。惨い事件だな……」

「ああ、それは名古屋じゃなくて豊明だ。そうじゃない？」

わたしは霞みがかった記憶の中から、二〇〇四年に愛知県豊明市で発生した母子四人殺害放火事件のことを思い出してそう言った。

「ヒット・アンド・アウエイ」

鄭はよく喋った。星山は、その半分もわたしに通訳していないのではないかと思ったが、肝心なところは伝えてくれていた。

白く濁ったほんのり甘みと酸味がある酒をがぶがぶ飲んで、鄭の舌はより滑らかに回る。その喋りを見聞きしているうちに、鄭は見かけによらずインテリではないかと思うようになっていた。話に際立った整合性があるのだ。ただそれは、星山の通訳を通しての話だが。

「名古屋のはずれと聞いていたが、それは豊明という別の市で起きたことというのは知らなかった。そこで起きたあの事件だが、あれはまだ犯人が捕まっていないだろう？　そう、『コールドケース』だ。けれど自分は、その犯人を知っている。

あそこにただ一人いなかった父親じゃないかって？　いや、違う。あの事件が起きてから、日本人みんなはあの父親が犯人だと信じ込んでいた。今でもその説は根強いようだね。あの父親は警察に捕まっている。あの事件のことではないが、あの事件のことを調べるために逮捕した。（別件）逮捕しても、あの父親は犯人として捕まえることができなかった。いくら疑わしくても、もうあの父親を逮捕することはできない。そうなんだ、あの父親は、確かに実行犯ではないのだ。あの時間にちゃんとしたアリバイがあって、それはトリックでもなんでもない。

……自分は、実行犯を知っている。自分が入っているグループじゃないかって？　そうではない、それは違う。ただ、あの実行犯は、自分たちと同じ韓国人だ。

あの事件は結局、犯人は挙がらない。その実行犯はもうこの国にいないからだ。誰かが言っていた。『ヒット・アンド・アウエイ』、そういうことだ。一回しかこの国に入ったことがない人間がやれば、もう捕まりようがない。慣れてきて複数回やった時に油断が生じるのだ。あの一家殺人放火事件は、その一回だけの入国者の手によるものだ。しかもその入国は不正だ。入国のリストをいくら調べてもなにも判らない。今では、われわれは入国時に指紋を強制的に押させられるが、あの当時はそれがなかった。もっとも、不正入国すれば指紋もなにも関係ないのだけれどね。自分はちゃんとした形で入国しているが、いまだに指紋は取られていない。残念がらないで欲しい。わたしはまだ一回も警察に捕まったことがない。なに？　その『ヒット・アンド・アウエイ』のことも詳しく聞きたい？　欲張らないでくれ。星山には決して、〝今〟のことは話さないという約束をしていた（この部分は星山は、きちんと訳そうとはしなかった）。

一家殺人放火事件のことに戻ろう。わたしが知っている実行犯は、もちろん依頼された者だ。ある依頼者がいて、それを地元の暴力団を経由して、ある韓国人グループのところに回ってきた。それは実際、回ってきたという言い方が正しい。グループもちょっと前に比べてシステマティックになっている。あんたが書いたらしい（鄭はわたしの前作のことは知っていたが、むろん読んではいない）本の時とは、また様子が違ってきていると思う。ただ根本は同じ。車のマイナーチェンジと同じだと考えてもらったらいい。でも、今自分が言ったような〝依頼〟というような形はなかったろう？　古典的？　いや、そうじゃない。お互い顔も会わせずにこんな〝でっかい犯罪〟の〝依頼〟をするようなことは古典の頃はなかったはずだ。そこが違う。もちろん報酬だって、古典の時代とは全然違う受け取り方がある。ただしそれは言わない。あんたに言う必要はない部分だ。全部、〝今〟に繋がることだからね。

自分は元そういうグループにいたはずじゃなかったのかと言うのかい？　そうだよ。しかし、わたしのいた時代は古典じゃなく〝今〟に通じる。その実行犯の名前？　ふん、ここで自分がいくらそれらしい名前を並べ立てても意味のないことだ。名前はやっぱりよく言われるけれど、記号に過ぎない。自分は、安明洙（スープかなにかを呑む時に使うスプーンを包んでいた紙ナプキンに、わたしが渡したボールペンでこのような字を書いた。そしてすぐに丸めて自分のポケットに突っ込んでしまった。まったく用心深い）という名前で記憶しているが、さてそれが本名なのかわからない。事件当時は、二一、二の青年だった。済州島から玄界灘を突き進み、関門海峡をすり抜けて岩国に入ったそうだ。プレジャーボートのような船で、これ以上ないくらいの速度で入ってきた、と聞いた。それがウソか本当か、自分にはわからない。しかし、現実に、安と名乗る青年はこの国にいたのだし、自分も見たことがある。そして、グループではその安が、一家殺人放火事件の実行犯として認識されているのだ。

グループ内もまたグループ同士も、こと犯罪に関していえば、鉄壁の情報ネットワークが敷かれている。グループのルール違反があった時は、このネットワークは逆に作用する（この部分も、星山はかなりぼかした訳し方をしていたようである。わたしは何回も、鄭に聞き返した）。これ以上は、はじめから話すつもりはない。続きもない。諦めて欲しい。ああ、この〝メミルジョンビョン〟は美味い。自分は江原道の出なんだ。この味はそれだからわかる」

そう言って鄭は、わたしがこれまで見たことも味わったこともない、クレープのようなシロモノを野菜に巻き付け、独特のたれをたっぷりつけて口にいくつも放り込んだ。こういう類の食べ物に美味い・不味いがあるのか、さらに出身地がどのように関係しているのか、わたしにはまったく理解できず、ただ曖昧に笑っているしかなかった。

もっともそこの勘定は、正確にわたしに廻ってきた。わたしは、この場を設定しなければならない立場であるはずの星山の小狡さに苦笑するしかなかった。

一方、目の前の鄭には、さほど憎しみは湧かなかった。この男が凶悪事件に手を染めているのならば、やはり憎まずにはおれなかったろう。ただわたしにはその実感が掴みきれなかった。この男はこれまで、そんな事件に直接手を下したことがないということを勝手に感じ取っていたからかもしれない。真実はどうにもわからない。

粗大ゴミを追いかけてみたら、「コールドケース」のほんの一部の真相に突き当たった。メミルジョンビョンという食べ物の何が美味いのかと同じくらいに不思議な連繋が持ち込んできた情報である。

ベテラン公安刑事

鄭の話を聞いたあと、古いつきあいをしている警視庁の公安刑事を訪ねた。野崎というその刑事は、公安部でも外事課が長い。長いというより、そこにしかいない。同じ課にいてそこで苔生しているような刑事だ。

秋葉原の総武線高架下にある一杯飲み屋で野崎刑事と会った。そこを指定してきたのは、刑事の方だ。わたしは挨拶一切抜きで、まずは聞いてみた。まだ寒さが抜けきらない気候で、現に野崎刑事は、暑苦しく見えるコートを羽織ってここに来ている。

「『ヒット・アンド・アウエイ』のことを教えて欲しいのですがね」

野崎刑事は透明の液体を愛おしそうに啜り上げると、嬉しそうな顔をしてわたしの質問を聞いていた。もう五十を超えているくせに、そういうときはまるで、中学生みたいな顔をする。ところがそんな顔とは裏腹に、言うことはなんとも老獪である。

「またか……。もう聞き飽きたろう。そもそも俺達は特に『ヒット・アンド・アウエイ』なんて言葉使ってないぜ。（捜査）一課の連中だとか、あんたらマスコミがおもしろがって使っているだけだろ？」

「言葉は使っていないとしても、その行為そのものは全部知っているんでしょ？」

「もう古いよね。あんたが知ったのは、それほど古くはないだろうけどさ」

「そうですね」

「ああいうの、全部不法入国だからね。正直いって確認しようがないんだよね。犯罪目的で日本に入って来ようとしている奴が、わざわざパスポート使って、つまりさ、挨拶して入ってくると思う？」

「いや、そうは思わないけど」

「そうすると、われわれはどこで奴らの尻尾をつかむことをする？」

「日本にいる仲間でしょう？　奴らだって犯罪目的だとしても、当てもなく日本にやって来れないでしょう」

「そういうことだ。俺達はね、そんな日本にいる引受人のところを丹念に廻って、奴らの犯罪の抑止に役立てているわけよ」

「ご苦労様ですね……。それにしても野崎さん、引受人を探すのも大変なことでしょう？」

「なんだ、あんたそれが知りたいような顔しているな、ダメダメ、まずそれはダメ、無理。俺達はやっぱり、あれ、蛇の道は蛇、だな。それですよ。うん」

酔いが早い。歳を重ねるとわずかな杯で酒にも呑まれるようになってしまうようだ。

「長年の努力の積み重ねってとこですね」

わたしは適当な相づちを打っていた。

「そういうことだ……。なんだおまえ、そういう奴を知っているのか？　どこの奴だ、教えろ」

身勝手なところは刑事特有である。教えてもいいが、そいつは神奈川県警の領内だ――わたしは腹の中で呟いていた。こんなことをここで言ったら、どんなに白けた表情をするだろう。いつまで経っても変わり映えしない警察の縦割り構造と縄張り意識――今さらそんなことを言っても始まらない。

「いや野崎さん、僕が具体的に知っているわけじゃないんです。ただ、どういう連中が、どんな伝手《つて》でどういう風にやってきて、どんな犯罪を犯して、どうやって帰って行くのか、どのくらい日本にいるのかってことを聞きたいと思っただけです」

「そりゃ彼奴らのことオレから全部聞きたいってことじゃないか……。だけどね、それぞれ来る奴の事情によって違うよ、それは。判ってる？　奴らは奴らの個々の事情ってのがあるようだ。結局、その個々が誰だかわからないんだから、事情っていうのも不明瞭だけれどね……」

わたしは、「ヒット・アンド・アウエイ」が、鄭の言うように不法入国者主体で、さらには彼らはこの日本に引受人のような存在を頼りに入りこんでいる、ということを知っただけでおおむね満たされていた。不法な入国の仕方は、偽のパスポートを使わない限り、航空という手段は使わないだろう。不法入国者のほとんどが船舶の利用に違いない。

「なかには泳ぎの上手い奴がいてね……」

野崎刑事の身体は心なしか揺れ出した。

「冗談でしょう」とわたしは言ったが、これは耳に入っていないようだった。

「サッチョウ（警察庁）の統計を細かくみてみろよ。外国人の犯罪件数はまたぞろ多くなっているぞ。けどな、そう感じさせない秘密があるんだぜ。あのな、外国人犯罪の検挙数は落っこちているんだよ……」

実際、統計を改めて見直すと確かに、見方を変えると事実が見えることもある、そんな現状が手に取れた。

これは、この刑事から聞いた、これまでに一番大きな収穫だったかもしれない。

豊明一家殺人放火事件は二〇〇四年九月九日、名古屋市の東隣にある豊明市で発生した。河村という、所轄から愛知県警本部の捜査一課に行ったはずの刑事を思い出した。

「そうだったの、概要みたいなもんでええんやったらいっくらでも教えたるわ。こっちにおいで」

本部の捜査一課（強盗・殺人事件担当）に所轄署から移っていた河村刑事は、電話でそう言った。

久しぶりに会った河村氏は、名古屋弁と態度は全く変わらないが、全体に老けを感じさせていた。河村刑事とは、県警本部から二〇〇メートルほど南に下りたところにあるアイリスアイチというなかなか立派なホテルの一階ラウンジで会った。「久しぶりやなァ、何年になるかなあ」、こんな風に久闊を叙したあと、早速、事件の概要を聞いた。

「あれはまだ、犯人が挙がっとらんのだわァ……」

河村刑事はそれがまるで自分の責任のように項垂《うなだ》れて話すのだ。

「あんたも知っとるかもしれんけど、あん時は、（捜査）二課（知能犯担当）まで出張って、本命やと目されとった人物を引っぱったんやが、結局ダメやったでな」

わたしはそのことだけは知っていた。あるテレビ局のディレクターが盛んにそのことを言っていたことがあったからだ。そのディレクターは、この事件の取材に血道を上げていた。

「一課のヤマで、二課が引きネタ持ってきて、それでいきなりふんだくるんだから、愛知県警もスゴイよね。そんな例、齊藤さん知ってる?」

そのディレクターは、口角唾飛ばしながらそう言って興奮していた。三年も前のことである。

「しかし、二課ネタで一課のヤマの容疑者を引っ張るというのはなかなか見られませんよね。そのときは、かなり自信があったんですね」

「自信がないから、そんなめちゃめちゃなことしてまったんだがね」

「……」

わたしは改めて聞いて、返す言葉を失った。自信がないのにあからさまな別件逮捕を試みたというのか。その別件捜査は結局、成果を上げずじまいとなったという(二課の方は詐欺事件だったが、立件され執行猶予付きの有罪となった)。

「隠しネタというか、切り札みたいなものがあったんでしょう?」

「そんなもん、ありゃせんて……」

「それじゃあ、本命をみすみす見逃すのと同じじゃないですか」

「そうだて……。面目ない」

「いや、河村さんがやったわけじゃないんだから——。ああ、それともうひとつなんですが、あれはやっぱりアリバイが間違いなかったからその本命は落とせなかったのですか?」

「一番の原因は、そこだね。犯行時にその本命は現場には立てなかったんだよ……」

悄然とし始めた河村刑事をせき立てるようにして、事件の概要を聞き始めた。

ふたたび鄭と接触

二〇〇四（平成一六）年九月九日午前四時半頃、愛知県豊明市沓掛町石畑の加藤博人氏（当時四五）宅で突然、出火。鎮火後、家の中にいた妻、三人の子どもの遺体が発見された。母子四人の遺体にはいずれも致命傷が刻まれていた。窒息死や焼死ではなかったのだ。

一家の主である加藤博人氏は、その日残業で、事件発生時刻には現場から十数キロ離れた同県小牧市の勤務先にいた（つまりアリバイがある）。

一方、遺体には肺に灰塵の生体反応が出た。それは、犯人が殺害後、直ちに火を放ったことの強い傍証となる。虫の息だった被害者は煙を吸ったということだ。

この事件はその後、誠に奇妙な展開を見せた。被害者宅の主（加藤博人氏）が、主犯〝本命〟として、当局（愛知県警）から別件逮捕されたのである。

その顛末は、別件が執行猶予、本件はシロと出た。つまり豊明一家殺人放火事件は、いまだに未解決である。

この事件における状況証拠は、恣意的なものも含めてそれこそごまんと出たが、事件解決につながるようなものはなかった。

しかしなぜ、一家の主であり父親、加藤博人氏が〝本命〟などと見なされるに到ったか、いまだに判然としない。これというような強い動機など見出されないのだ。

わたしは思い出していた。それは、鄭が言った〝安〟と呼ばれていた異邦人と、事件とその間のパイプとなった暴力団のことである。ヤクザと外国人――その陳腐な繋がりにちょっとばかり失望していた。

鄭は「あんたが思っているようなオールドタイプの繋がりなんかじゃないんだ……」と言ったが、それは素直に納得できるものでもなかった。

あのような大胆な事件に、暴力団が果たして絡んでくるだろうか。今や、ヤクザだからどんなことでもやる、という時代ではない。一般人よりもよほど慎重で臆病なのが、今のヤクザといってもいいくらいだ。暴力団に対する当局側から締め付けは、すこぶる強化されてきている。それに加えて、一般人も集団となって暴力団に対する抵抗と攻撃を採るようになった。豊明一家殺人放火事件が起きた二〇〇四年にはそうした風潮がすでに定着しつつあった。暴力団は以前のように肩で風を切ってのし歩くなどというような行為はもちろん、まったく肩身の狭い思いで棲息しなければならなくなっているのだ。

だから、鄭が言うようにあの惨劇が、〝ヤクザと外国人のタッグ〟によって果たされたというのは、どうにもピンとこなかった。

安なる若者があの事件の実行犯だろう。鄭も繰り返し、実行犯という言葉を使っていた。暴力団は間違いなく実行犯ではない。すると、暴力団はそこにどのような形で関わっていたのだろう――。

安という男と暴力団との関わりの裏付けを取らなければいけない。鄭は口を濁したが、そのあたりのことを知っている。もう一度鄭に会って、そのあたりのことを聞いておく必要があった。鄭とは直接連絡が取れないので、星山に繋いでもらうことにした。星山は案外気安く、それを引き受けてくれた。鄭は前回会った店でまた会うと言っているとのことだった。ただ、今回は星山は同席せず、通訳は店の（星山言うところの）マダムが務めるという。

「鄭さん、どうしても判らない。安という人物と暴力団の繋がり、それを教えて欲しい」

鄭は例によって一生懸命、料理を平らげることに専念し、その合間に一方的に話した。

わたしは鄭に話し掛けてはいたが、鄭のかたわらに座っている〝通訳〟のしわだらけの婆さんにちらちらと目を向けなければならなかった。これがマダムねぇ……。こんな調子で通訳の真似事をするのはいいが、店の方は大丈夫なのか——。

「暴力団がある人物を頼って、仕事の依頼をしてきた。ある人物というのは誰か言えない。今、グループは、いくつかの線から依頼されて仕事をしている。暴力団はそのひとつ。あとは、例えば韓国や中国のファンド、政府筋からの依頼もある。なかでも暴力団からのものは最も多く、実入りもいい」

話を聞いていると、通訳しているだけのこの婆さんが、鄭の言っているグループの首魁のように思えてくる。

「仕事の依頼を受けるのは、決まって一人。その人物を通じてしか仕事はできない。それは決まり事で、また、そんな仕事はほかのグループにもほとんど公開される。ひとつのグループが独占することはない」

それが、彼らの（暴力団と外国人犯罪集団との）共生の仕組みなのか――わたしは話を聞きながら、そう理解していた。星山は例の〝ミトク〟でそれを破ろうとした。だから全あたりの逆鱗に触れた、そんなところだろう。この筋書きは確かに頷ける。

「しかし、鄭さんたちがいるような外国人グループは、様々なところから仕事の依頼を受けるもんなんですね」

わたしが感心したように言うと、婆さんが妙な笑い顔を見せて、

「あんたはなにも判っちゃいないようだね……。ひゃひゃひゃひゃ」

と気色の悪い笑い方をした。わたしは、その妙な笑いに引き込まれないように注意しながら言った。

「暴力団の線は判らなくはないけど、ファンドだとか、政府だとか。本当かね」

「本当だよ」

婆さんはじろりとわたしを睨むと、鄭の皿にあった例の巻きものを手で掴んで口に放り込んだ。いかにも卑しい食べ方だった。

「それで鄭さん、要するにですね、あの豊明の事件では、暴力団がグループの窓口となっているある人物に仕事を依頼してきて、その結果ああなった、そういうわけですね？」

「そうよ」

鄭が答える前に婆さんが言った。

「一体何のためにああしたことを依頼してきたのだろう？」

「カネに決まってる」

「暴力団がカネ目当てで？」

鄭は婆さんの通訳を聞いて、いきなり大きな口を開けて笑い出した。口の中の食べ物が見えてなんとも汚らしい。

「バカ言っちゃいけない。暴力団がカネ目当てにそんなこと依頼するはずがない。暴力団の先に、本当の依頼者がいるのだよ」

こう言って婆さんが、テーブルのかたわらの台に置いてある甕から、柄杓のようなもので白く濁った液体を丼によそって一息に飲んだ。

「本当の依頼者って？　あの事件では誰のこと？」

「そんなこと知っていても言えるはずはないじゃないか」

また鄭が答える前に婆さんが吐き捨てるように言った。

「知ってんの？」

「……」

「それが事件の真相ってことじゃないか、違うか？」

わたしの口調はすっかり性急になっていた。

「鄭さん、この前グループの仕事のこと、たとえ別なグループのことでも、情報は公開するって言ってたな。この事件の報告も、そんなことをしあったんだろ?」

「そのへんは想像に任せるさ、フフ……」

また婆さんが言う。しかも含み笑いさえ添えて。わたしは無性にイライラしてきた。

「あんたには聞いてない、鄭さんに聞いている。あんたは通訳だったはずだ」

「いちいちこの人に聞かなくとも、判りきったことを言っているだけだよ。思い上がるな」

婆さんはそう嘯いた。うす汚いただの韓国料理屋の婆さんかとみくびっていたが、その口の利き方は驚くほど剣呑で、高圧的だった。

一方の鄭は水のような表情を浮かべて、わたしと婆さんの刹那のやりとりを見ていた。ただ彼は、それでも食べることは続けていた。

おそらくこれ以上なにを訊いても無駄だということを悟ったわたしは、席を立った。

「勘定してくれ。鄭さん、ありがとう」

婆さんはいそいそと店の奥に入り、やがて小さいメモを持って出てきた。

思わず眼を瞠るようなひどい金額がそこに書かれているのではないかと心配したが、さほどではなかった。その金額に多少の色をつけて婆さんに渡した。いまいましいが通訳の謝礼である。

鄭の話はそれでも、参考になってはいた。鄭は以前、〝記号〟などと言っていたが、実行犯の名前が安明洙ということや、その安は「ヒット・アンド・アウエイ」で犯行後すぐに韓国に帰ってしまったということ。さらにその安に対して、依頼の二重構造があるということなどだ。

この依頼の最奥部に、事件の実行犯を動かした真犯人はいる。そこにたどり着いたとき、この事件の真相は明らかになる。

二重の扉の向こうには、それぞれ、重要な人物が立っている。

一つ目の扉の影にいるのはグループ、すなわち韓国人を中心とした明らかな「クリミナル・グループ」の中核人物である。その人物は、あらゆる方面からの仕事の依頼を受けるいわば窓口の役割を担っている。豊明の事件の場合、その人物には暴力団から仕事の発注が来ている。そして、安が起用された。

二つ目の扉の影に佇んでいるのが、この事件の真犯人である。この人物は、暴力団に依頼した。そして暴力団は、この仕事ができる人間を捜す。専門家のみを扱う人材派遣会社のようなことを暴力団はしていたのだ。この構造は確かに理にかなっている。そもそもの発注元は、暴力団という卸会社を通すことでその存在が消えてしまう。暴力団は現場にその仕事を卸すだけで、事件には直接関わらない。現場には、同胞意識の強い異国における外国人だ。彼らが口の堅さで相互の信頼関係を保っていることを、真犯人も仲介役の暴力団も知っている。

もう一度、名古屋に行くことにした。

見えてきた図式

「河村さん、あの事件ですがね、今現在捜査はどうなっているんですか？」

わたしはまた、愛知県警捜査一課の河村刑事に会っていた。わたしが得たネタが、捜査上、見出されているのかどうか、そのあたりが知りたかったのである。むろん、今それをこちらから提供するわけにはいかない。

「それがなあ、まあ、事件発生当時と変わらせんのだて。えっらい日にちが経ってしまったわ。正直言って、硬直しとる」

「実行犯だとか、真犯人の新しい線は出ていないんですか？」

「出とらせん」

河村刑事の顔を見ていると、どうも隠しているようには見えなかった。捜査はほとんど進展していないと見ていい。恐らく県警は、当初本命だと思っていた、被害者一家の主の線をいまだに消していないのに相違ない。河村刑事は言下にそれを仄めかしている。

「あの、例えば、この事件の実行犯と真犯人というか実行犯に命令を下した者は、まったく別人ということはないですか？」

「嘱託（殺人）いうの？」

「いや、まあ、その可能性はあるんですか？」

「あるだろうね。ただ、そのふたつの線が判らんといかんがね」

「判らないのですか？」

「調べたけど、今のところ判らんね」

「ふうん。地元か名古屋の暴力団なんてのは、この事件に絡んでいませんか？」

「今のヤクザは、あんな乱暴なことせえへんわ。あんた、なんかしっとんの？　暴力団のこと」

「いや、全然」

「そりゃ、こっちはヤクザ関係も洗ったよ。けどそこからは結局、線が途切れてまったわ」

河村刑事は、捜査が硬直しているからか、思っていた以上に話してくれた。

「齊藤さん、こんなんでええ？　ワシはちょっとしゃべりすぎたわ」

「いや、感謝してます」

河村刑事はあの事件の話になると、途端にその顔を曇らせた。日頃は陽気な人だけに、いかにあの事件がこの刑事、いや県警捜査一課に影を落としているのかが判る。

わたしは、名古屋のある人物に会おうと思っていた。今回の目的は、実はそれもあった。その人物は、地元暴力団と仕事の上で繋がっていた。地元暴力団というのは、山口組のトップをいただく組である。

宇田というその人は、表向き不動産屋である。扱う物件はすべて〝バービル〟だが、そこから派生させて、風俗産業にも手を伸ばしていた。そうなると、地元暴力団とのつきあいも否応なしに出てくる。このような立場の人は、その筋の情報は豊富である。かといって、暴力団の構成員ではないから、そんな情報に対して、口はわりあい緩やかでもある。

宇田氏とはずっと前、「名古屋の仕手筋」の取材を通して知り合いになった。名古屋には小金持ちが多いといわれているせいか、時々、経済事犯に顔を出してくる人がいる。当時わたしが取材をしようとしていた「名古屋の仕手筋」もそんな一人だった。ところが、その人物がなかなかつかまらない。そんなとき、不意に宇田氏に当たった。そのお陰で「名古屋の仕手筋」に会うことが出来た。宇田氏の取引先だったのだ。

「なんとも珍しい人がやってきたものだて」

宇田氏は外国人がするように両手を広げるオーバーなアクションで、名古屋市東区にある自分のオフィスにわたしを迎えた。そして、なんとも嬉しそうな顔をして握手を求めた。

「ひっさしぶりだなあ。ところで今度はなに？　また××さん（件の仕手筋）の件？」

わたしは相手を刺激しないように、慎重に今回の用件を言った。特に暴力団の登場する場面は、できるだけ薄めて話した。それでも宇田氏の飲み込みは早かった。

「ふーん、なるほど。わかったわ。齊藤さんはそれで、その橋渡しのようなことをしたヤクザに話ができればいいわけ？　ええよ、引き受けたるわ。けど、わからんかったら勘弁よ」

顔の広い宇田氏のことである、きっと芳しい情報を伝えてくれるに違いない——わたしは自分勝手な期待をしていた。

その日は河村刑事にもう一度会い、愚痴と泥くさいジョークを堪能し、その足で事件の本命などと言われ、別件で有罪にまでされた加藤氏が当時勤めていたという小牧市の自動車関連会社を見に行った。

豊明（現場）から小牧まではやはり近くはなかった。会社から人知れず抜け出し、犯行に及び、また誰にも知られずに戻り、何食わぬ顔をして夜なべの仕事に励むなどという芸当はまず無理だろう。

宇田氏から連絡があったのは、帰京した日の夕方だった。思いの外、早かった。

「齊藤さん、ズバリかどうか知らんが、ほぼ特定できたと思うわ。××会（広域暴力団の二次団体）だて。あの辺もシマで持っとるらしいわ。こんなんでええ？」

「あの話をして、聞かれたんですか？」

「そりゃ、した。だから、ほぼ特定したと言ったんだわ。いい加減な答えじゃ、あんたが承知せんでしょ？」

事件のことを引き合いにして、宇田氏の立場でいろいろな聞き込みをしたのだから、その答えは確かであろう。手厚く礼を言って、電話を切った。

やはり、鄭の言っていたことは間違っていなかったようだ。具体的に暴力団の名前も出てきている。この線は、ほぼ間違いない。

真犯人X（依頼人・動機）→××会→グループの窓口→実行犯・安明洙。

こんな図式をいつも頭に浮かべては、ボンヤリ考えていた。Xとは、窓口とは誰か。窓口はどのグループなのか。そしてそのグループはどういう区切り方をしているのか。地域別？　あるいは——。

事件の情報をグループ間でも共有するというのは、どのような伝達方法が取られているのか——これを想像したり推察したりすることもできない。

この一本の太い線は、いまだに警察も掘り下げていない。暴力団、身内などアトランダムに当たっているが、いずれも掘り下げ方が足りないようだ。それは、ある程度犯人を決め打ちし、失敗したその後遺症が癒えないからであろう。

愛知県警捜査一課の河村刑事の言葉から忖度しても、それは明白である。

安の〝仕事〟

実行犯と名指しされた安なる韓国人は、すでに日本にはいない。日本と韓国の間に刑事犯の引き渡し条約があっても、実行犯・安を果たしてここ日本で特定でき得るか。その難関を越えたところで、次には韓国内で安を押さえることができるか。日本と韓国の両当局が、うまい具合に実行犯までたどり着かなくてはならないのである。そしてさらに進展すれば、その実行犯からなんらかの裏付けが取れるかもしれない。しかし、それはあくまでも仮定である。

事件の解明はその難題を乗り越えたうえで、初めてスタート地点に立つことになる。「クリミナル・グループ」による事件が持つ困難は、かくも幾層もの〝壁〟に囲まれている。

そうこうしているうちに年は明け、二〇〇九年となった。

年明け早々にわたしはもう一度星山のもとを訪れ、鄭との面談を求めた。

グループ内の仕事の情報を報告という形で共有しているのならば、鄭は実行犯〝安明洙〟のあの日の行動を知っているはずである。それがグループの流儀なのだ。星山は露骨に迷惑そうな顔を見せたが、「飲み代くらいは持ってくれ」と言って引き受けてくれた。

鄭はまたあの店で、今度はこれまでの倍くらいの量を喰らいながら喋った。

どういうわけかそのとき、例の婆さんと主人は姿を見せなかった。料理は十代としか思えないような若い小僧が作って出した。それでも鄭は文句一つ言わず喰らった。わたしも少し箸を伸ばしてみたが、主人が作るものとさほど変わったようには思えなかった。星山は、ただただ通訳に専念していた。

――安は言っていた。「あの地方の九月はただ暑いだけだった。あの地方の夏は九月じゃ全然終わっちゃいない」ってね。

安は仕事のためにそこに行った。名古屋は大きな都市には違いないが、クレイジーな暑さだけはまったく堪えられなかったそうだ。祖国も蒸すが、名古屋とは全然違うそうだ。自分は行ったことがないからまったくわからんがね。

安は仕事を指令された時、こんなことを言われたそうだ。

「安、硬くならなくていい。そう難しい仕事ではない……」

しかし、自分達にはわかっていた。安に課せられた仕事がヘヴィなことを。そんなことは徐（星山）も、全も、そのほかグループを取り巻くみんなは知っている。安だって知っていた。だから、悲壮では全くなかった。

安は名古屋に行った。九月に入ってからすぐに行っている。一人の男がグループから外れた。その男は仕事をやり遂げ、祖国に戻る。そのルートも決まっている。イワクニ（山口県岩国市）から船で出る。済州島まで行く。安はただただ、しぶく波に身を委ねていればよかった。

（二〇〇四年）九月九日早朝が仕事が入っている日だったから、安はあの暑い名古屋で一週間以上も暮らしたことになる。名古屋にもグループは多い。同胞も多い。

指定された家、目標は、名古屋に入る前から頭にたたき込んでいた、と安は言った。仕事にはそれだけの用意は最低限必要なのだそうだ。自分は、安が得意とする分野のグループには属していない。齊藤（わたしのこと）はしつこいよ。安のグループの窓口になっている奴を教えろ、というが、大ばか野郎だ。そこまで言う奴などいるわけない。そんな質問をする齊藤という男、あんたはどうかしているね。まあいい、安のことだろ?

安はきちんと仕事をこなしたよ。その家には、前日の夕方、電車で行った。こういう細かい行動は、すべて命令される。「ＺＥＮＧＯ」（名鉄名古屋本線前後駅）で降りた。東京でも郊外にあるあまり大きくない駅と同じようなものだった。

　そこから安は、家まで歩く。家の周りは田んぼか畑ばかりだ。名古屋に来た早々、安はこの家は、車で連れて来られたことがある。地元のグループの者達の案内でだ。

　安は待つ。計画はすでにはじまっている。安の仕事の大半は、この〝待つ〟だ。メインとなる仕事は、ほんの数分あれば済む。そのために十時間近く待つ。待つことに堪えられる者だけが、日本での大きな仕事が与えられる。仕事のあとは、祖国に帰ることができる。祖国では、仕事の報酬のおかげで悪くない生活ができる。安もその家の周り――田んぼの畦に身を隠していたと言っていた――に身を潜めている時、祖国でのよだれが出ような生活に思いを馳せていたに違いない。その生活は、もうあと一日か二日後にやって来るのだ。丸太のように畦の影に横たわった安のことなど、暗くなってしまえば誰も気付かない。畦の影に人が寝てるなんて、誰が想像するものか。警察だってそんなところを調べはしないよ。頭が回らないんだな、ハハハハ……。

　その家では、もう始まっている。すでに〝勤務時間内〟なのだ。仕事は（九月）八日から始まっているが、家の中での仕事は九日と限定されていた。安はそれをきちんと守っている。待っている間に日付が変わったことを、安は正確に覚えていると言っていた。安の頭の中で、時計が回っているに違いない。その時計が少しでも狂った時に、仕事は破綻をきたすに違いない。

　午前四時。東の空はまだ暗い。

　安はなにも持たずにその家に向かった。そして、家のガレージから勝手口に向かった。ああ、犬がいた。けれど家に入るまで、そいつはただ唸っているだけだったそうだ。安は鍵を使って侵入し、鍵を使って脱出したと言っていた。鍵はキチンと戻しておいた。仕事とはいえ几帳面な男だ。いや、仕事だからこそ、こんなふうに几帳面にやったのだろう。

待つこと十時間、家の中にはキッチリ五分間。それ以上滞在すると、仕事は反故となる。安は、正確にこなした——。

「そういうことか——」

わたしはただ話を聞いていただけだが、疲れてしまっていた。

鄭はそれでも、食べるための口を動かしていたが、不意にこんなことを言った。

「아, 그러고 보니, 안（安）은 이런 것을 말하고 있구나」

おとなしく通訳に徹していた星山はそれに、韓国語で応える。

「齊藤さん、安は、こんなことを言っていたそうだよ。『名古屋のはずれの空に、四人を弔う火柱が四回、高く上がったのを見た。あんなことは初めてだ』ってね」

——感傷？　ふざけんな。胸の内で唾を吐いていた。

鄭の話で気になった部分がある。それは、安が現場に「手ぶら」で入っていった、というくだりだ。事件は、四人を殺害し、その直後火を掛けている。その際に使った凶器や油（白灯油）はどうしたのか。しかも凶器は複数なければならない。複数の被害者は、それぞれ別の凶器でとどめを刺されているのだ。

わたしには時々、取材が行き詰まった際に話をする〝教師〟がいる。彼はほんものの高校教師だが、こちらがまるで気付いていない視点をしばしば口にすることがある。それで随分と視野が広がったものだ。

凶器のことが解明できず悩んでいたわたしは、また彼を都合も聞かずに訪問した。

「それはどこかに用意されていた、ということかな」

彼は遠慮がちにそう言った。

「先生は、まるでアームチェア・ディティクティブ（安楽椅子探偵）ですね」

わたしは時々そう皮肉る。彼は特段、いやな顔もしない。

「教師」がわたしが思っていたのと同じようなことを指摘したので、余計に気になった。その〝用意〟が解明されたら、それは事件の解明が大きく進展した時だろう――。

豊明の事件現場に足を運ぶ。放火された家はむろん跡形もない。更地には雑草がたくましく茂ってきていた。一〇年近く経つのに、あたりの光景は大きく変わってはいない。あのとき安が感じたように、田んぼがあたりのほとんどを占めている。

安が数時間も横たわっていたと思われる〝畔〟の傍に立つ。

吐き気がこみ上げてきた。

第3章　新宿歌舞伎町放火事件

　二〇〇九年二月はじめのことである。わたしは引き続き、愛知県豊明市の一家殺人放火事件の追及に夢中になっていたが、それとはまったく別の興味がふいに現れた。

「そうそう、この間から言おう言おうと思っててつい忘れちゃってたけど、ほれ、あれ、道具使っているってことになったんだよな、結局、発表していないけど。それで決まり、ってことなんだよな……」

　古くから知っている新宿署の井坂という強力犯専門の警部補が、ある時こう言った。取っつきにくい訛りの持ち主のこの警部補とは、互いの暇が一致した時、どこかの店に入り、座って話をする。眠たくなるような話の方が多いが、時にはその話にのめり込んでしまうこともある。

「なんの話？」

　わたしはなんとなく聞き返した。

「歌舞伎町の火事よ」

「あの火事、瀬川という人が有罪となって、一応、落着したんじゃなかったかな……」

「そりゃビルの管理の方だろう？　そうじゃないんだな……」

　ここで出た「歌舞伎町の火事」というのは、二〇〇一（平成一三）年九月一日未明に起きた歌舞伎町ビル火災のことで、これは放火事件だった。死者四四人を出した異常なる放火事件は今も未解決、つまり「コールドケース」である。この事件に絡んで逮捕、起訴され有罪判決を受けたのは、火事を出した当のビルの持ち主であり、肝心の放火の犯人は捕えられていない。

　人々の記憶に残っている割に、この事件はなんとも歪んだ形で捉えられている。放火の事件性よりも、ビルの管理責任のほうがクローズアップされているのだ。それには多少のわけがある。

　わたしもこの事件については、他の多くの週刊誌記者と同じように現場を訪れ、被害者のもとに足を運び、その合間に警察へのアプローチを日々繰り返した。風俗店が重なり合うように入り込んでいる薄汚い雑居ビルの放火で四四人もの命が失われているのだから、そこは週刊誌という媒体が張り切るのはやむを得ない。

　放火の主犯は一向に縛につく気配すら見せなかったが、そのうちにビルの持ち主の名前が盛んに取り沙汰されるようになっていった。その持ち主というのが、瀬川重雄（当時六一）という人物で、瀬川の存在が事件の見方を変えることになった。

　わたしはこの瀬川という人物の名前は放火事件のずっと以前に知っていた。今から二三年も前のことになる。

　当時、住専という特殊な金融機関による杜撰な融資が社会問題になった。その名の通り住宅専門に融資をする金融機関だが、元をただせば、カネ余りの銀行による迂回融資だった。そんな融資が破綻しないはずもなく社会問題化したわけだが、その融資先、それも大口というところで、瀬川の名前が挙がってきたことがあった。

杜撰な融資を繰り返した住専という素人金融機関も問題だが、その融資を受け、最後は返せなくなってしまった連中にも世間から非難が向けられた。数百億、ある時は数千億という信じられないような融資が為され、それを受けた者は、濡れ手に粟でそれだけの膨大な金を手にしたように受け取られた。

瀬川という人もその手合いだった。新宿のビル王などと言われ、住専からの融資を際限なく受けていた。そういうことでわたしは、歌舞伎町放火事件が起きる前から、瀬川の名前も身上も知っていたというわけだ。

瀬川はその放火されたビルの持ち主ということで、管理状況が杜撰と指摘されるようになる。さらにその杜撰さが今回の事件の首謀というように見なされ、事の本質がずれて捉えられてしまうようになった。なかには、瀬川個人に恨みがある者が放火した、そもそも事件発生の動機は瀬川にある、という見方すら出てきたりした。

その後実際、ビルの管理不行届というような咎（防火基準違反容疑）で、瀬川は有罪となってしまう。瀬川本人が放火したわけでもなんでもないのだが、イメージとしてこの事件の主犯のように仕立てられていった。そして瀬川の有罪が決まると、世間は事件そのものも収まったという気持ちにさせられたのである。

また、この事件は充分世間を騒がせたが、事件発生十日後に起きた9・11、すなわち世界同時多発テロによって、その話題性は爆風の彼方に飛ばされてしまった。ただでさえ移ろいやすく下世話な野次馬根性は、直ちにその目を、我が国で発生した火災では戦後五番目の死者を出した大惨事から、ニューヨークに向けてしまった。

その後の瀬川への判決もほとんど話題にならずに終わり、事件に対する間違ったイメージだけが残った。

だからわたしは、新宿署の井坂警部補からいきなり歌舞伎町放火事件が「コールドケース」だったと気付かされ、戸惑ったのである。

歌舞伎町放火事件と「世界最強の拳銃」

「そう、(事件の)元の放火の方だ」

井坂警部補は嘲るような口調でそういった。

「放火の方の線が立ってきたということ?　誰?」

「誰かは判らんよ、そうじゃない、放火の仕方が確定された、ということなんだ」

「あれ、確か二階か三階の踊り場かどこかじゃなかったか?　そういう風にあんたたちが発表していたよな。そうだ、三階の踊り場だったよ。ガスのメーターボックスが落っこっちゃったんだよな。そうだ、そうだ」

　わたしは当時の取材の記憶をひねり出しながら言った。

「あのときはね」

「あのとき？　ということはなにか変わったんだな？　また、新しく判ったっていうやつか」

「そういうことだから仕方がない。あんたらは、熱が冷めるともう全く見向きもしなくなるが、こちらはそういうわけにはいっかねえんだ。ずっとついて回るのよ」

「どんな新事実が判ったっていうんだ。これまでの見解が変わるようなことなんだろ。大変なことだな」

「さっき言ったろ？　〝道具〟だよ」

「道具って、コレってことだろう？」

　そう言ってわたしは右手の人差し指だけを突き出し、親指をその上に乗せた。

「そうだ」

「コレと放火がどう結びつくんだ」

「至近距離で弾くと当たったところで火花が出る」

「摩擦でか。コンクリートみたいなところでも火花は出るの？」

「硬い物質だったら出るね。至近距離だったらほぼ出る。そこに可燃性の物が置いてあったら、どうだね」

「引火するわな」

「今回はそれが原因のようだ。引火物は、マットレス、ウレタンの塊だ。シングルベッドひとつ分くらいの大きさだったんじゃないかと見られる。一回の火花でひとつのビルを燃やすための種火には充分だよ」

「……」

「その場所は、最初から変わらない。三階の踊り場だよ。あんたさっき言ったろ？　ガスのメーターボックスが落っこっちゃったんだ、って。そうだ。あれ、何故落ちてたのかってことだよな……」

「何故落ちたか、結局判らずじまいだったじゃないか。ちょっと待てよ、すると……まさか」

わたしは、井坂警部補の言っていることを、勝手に頭の中で再現してみた。

光の届かない三階の闇の踊り場で、ある男がシングルベッドに敷くような分厚いマットレスを壁に立てかける。男はなんの屈託もなく、いきなり立てかけたマットレスの底辺に接している床に向けて拳銃を撃ち込んだ。マグネシウムを焚いたように火花が散る。火花は忠実にマットレスの底辺に飛びつき、すぐに火炎となって、今度は異臭を放ち始める。猛烈な火炎がマットレスを舐め始める。

もうひとつ、ガスのメーターボックスだ。強力な弾は床を弾いたあと跳ね返り、こいつを支えているガス管を直撃した。跳ね返っても充分威力を残していた弾が使い古した鉛管を砕き割くらいは造作もないことだろう。音をたててボックスは床に落ちる。

「どうして今頃になって、そんな見解が出てきたんだろう」

「火元の床部分を徹底的に検証した。そうしたら床のコンクリートが偏にほげていたんだ」

「ほげていた?」

「削られていたわけよ。それが弾が通った痕と見なされたわけだ。なんでも、スミス&ウエッソンM500くらいの大型拳銃の痕だということだがね」

「S&WM500——」

「『世界最強の拳銃』などと言われている道具だ。4×4(44)マグナムより一回り以上も大きい弾を使うやつだからな。暗いところで撃ってみろ、銃口から火炎放射器みたいに火を噴き出しながら弾が飛んでくんだ。発射ガスが飛び散るんだ。火をつけるためだったら、あれは威力があるわな」

「そのS&Wの強力な奴の薬莢かなにか現場から出てきたのか?」

井坂警部は呆れたような表情をして、わたしをじろりと見た。

「まあそこは、言わずが花、ってところだろう?」

「だとすれば、それに間違いなさそうだな」

「まあ、間違いないだろうな。確定と言ってもいいだろうよ」

わたしは、ここで口笛のひとつでも吹こうかと思ったくらいだ。「世界最強の拳銃」? そんな馬鹿馬鹿しい道具を新宿界隈に、どこかからか持ってくることができるのは、やっぱりあいつらしかいない――そんなことを考えながらアルコールを口に含んだ。あの人のルートに聞いてみるか――。

「なんでそんな手間のかかるやり方で、放火したいんだろうな……」

「――威嚇だろう」

「威嚇？」

「そうだ、威嚇。ただの放火など誰がやったかわからないし、威嚇にならんだろう」

「よくわからんね」

「今言ったようなやり方だと、やがて道具を使った（放火だという）ことがわかる。オレがあんたに言ったようにな。うちら（警察）の情報が必ず漏れる。本職の俺が言ってんだ、間違いない。それを見越して威嚇したんだよ」

「誰に対しての威嚇なんだ？　瀬川？」

「それがわかったら、今頃は（犯人は）挙がってるよ」

「なるほどね、今までにもこんなややこしいやり方で威嚇した例があったの？」

「あるよ、何件もね。発砲事件なんかみんなそれだろ」

井坂刑事は呆れたようにわたしの顔を仰ぎ見る。人の気持ちを索然とさせるような視線だ。

「どこかに書くのか、この話……」

「これだけでは書けないと思う。その薬莢とかの写真なんかがあればいいんだがな。そりゃ無理だろ？」

「無理に決まってるよ。オレだって持ち出すことは出来ない。まだ（刑事を）辞められないしな」

「そうだろうな。ところで、その結果を井坂さんたちの間ではどういう風に受け取ってるんだ？無論、本庁の鑑識からなんだろう？」

「うん、そうと決まったからにはそうなんだよ、その線で洗い直し……」

わたしは、その洗い直しの方向性を聞きたかった。そしてわたしの直感が、警察の洗い直しの線と外れていることを祈った。同じような相手に網を張られ洗い直されたら、その線のアゴ（口）は一気に固くなる。警察に余計な動きをして欲しくないというのが、わたしの正直な思いだ。

「つまり、道具の出方だよ。まあ、まだいまんとこ未知数だな。Ｂ（暴力団のこと）からだろうが、わからんな、わけの判らないガンマニアみたいなのもいるしね、外国人の線はやっぱり太いしな……」

正直な話、これから捜査の体制を組み立てる、いや、組み立て直す、というような感じだった。それならいい。

「あんた、道具の出方に心当たりあるんだろう？」

「買いかぶらないでくれ、今聞いたばかりの話だぜ、そんなこと判るわけないだろ？」

「いや、なんかあるな」

「なんかある――」。わたしはつい口に出した。

「ああ、そうか」。井坂警部補は一人合点しながらこんなことを言い始めた。

「あんたもしつこいよね、相当。アジア系留学生の犯罪グループ、もう十年以上も同じこと言ってるよな。その線のこと考えてんだろ」

この井坂警部補は、世田谷一家殺人事件で成城署の事件捜査本部に呼集させられた一人で、わたしはそのときからの知り合いなのだ。

「こっちの方はまだ構成のし直しが始まったばかりだから、しばらくはあまり動かないだろう……。それより、あんたの狙っているその線、深追いするんじゃねえよ。このことであんたが犯罪グループにどうこうされたりしたら、それこそ寝覚めが悪いじゃない」

わたしは苦笑するしかなかった。

グループのまとめ役、蔡という男

歌舞伎町を北に突き抜けて大久保方向に向かったところに、築三十年はかたいだろうと思わせる古ぼけたマンションが一棟建っている。

その五階の一室に、蔡《さい》という中国人が棲んでいる。身なりを気にしないのは中国人の特徴であるが、この蔡は衣食住どれをとっても、粗末なものだ。

しかしわたしは、蔡がけっこうな資産家であることに以前から気付いていた。普段の生活が粗末なのは生まれてきてからずっとそうだったからで、そんなところに贅を尽くすことの意味を感じていないからである。

蔡は歳はすでに還暦を超しているはずだが、ぐっと若く見える。壮年という表現がしっくりくる容貌なのだ。この男が、界隈の中国人を束ねていると言われれば、なるほどそうだろうなと納得させられる、そんな風采とでもしておけばわかりやすいかもしれない。

蔡は神戸の山奥にある宝天大同《ホウテンダイドウ》という宗教団体の代表から紹介された。二〇年ほど前のことである。宝天大同という宗教団体は、その教義などについてはとうに忘れてしまったが、奇妙なことに、いくつもの上場企業の株を集めていた。かなりの銘柄の株を、それもそれぞれ大量に保有していた。

その宗教法人の代表は李という中国人だったが、この人から、東京にいる蔡を紹介された。李氏への取材内容には、取り立ててここに記すようなことはないが、蔡という特異な人物と知己になったことで、そのあと、極めて重要な中国人人脈を得ることになった。蔡は李氏からの紹介となれば、それこそ万難を排してもわたしと会う時間を設けてくれるといった感じだった。

蔡は李氏を「日本における身元引受人のようなもの」と説明したが、その時はそれがどのような性質の〝身元引受人〟なのか、あえて尋ねることはしなかった。

「ところで蔡さん、新宿を根城にしている中国人の、なんというか、犯罪集団のようなものの実態を知りたいのだけれど、知っていることでいいから教えて下さい」

「李さんからあなたの要望は聞いています。ただね、私にはどうしても言えることと言えないことがあるからね、すべては答えられないよ」

そうは言いながら蔡は、わたしに、彼にとって言いづらいであろう中国人を中心とした犯罪集団の外郭や、その実態などをかなり丁寧に教えてくれた。わたしにとってそれは意外だった。

蔡は、中国人だけで犯罪集団が構成されることもあるが、やはり、アジア系外国人が集団を構成することが多い、という実態を披露してくれた。そしてその勢力はますます強くなっている

――わたしはそう意識した。

感謝するしかなかった。蔡にも、むろん李氏に対しても、である。

それから、しばしば蔡と会っては話をした。とりとめのない話であっても、それはそれでよかった。そんな面談でも親近感はグッと増す。蔡は、わたしが彼の仕事の領域を侵すようなことはしないと理解してくれたはずである。

ただ、蔡の仕事は実はよく判らない。

蔡が棲む古ぼけたマンションには、多くの中国人やフィリピン人、あるいはタイ人などが出入りしているようであるが、彼らがどのような意味を持って蔡の部屋に出入りしているのか、皆目分からない。彼らにとって、蔡が業務上の上司に当たるのか、あるいは取引先なのか、それすらも判らない。そのうちの幾人かはわたしの方を横目で睨みながら、中国語で蔡になにかを言いに来る。それが報告の類なのか、営業的な折衝なのか、それも分からない。彼らには表情がない。

わたしに対する警戒心は感じられるが、それすらも蔡に促されて、自分達の話をしている間に薄れていく。それでも、蔡はわたしと会う時は、自分の部屋に呼んでくれた。

多少の信頼を持たれていると勝手に踏んでいたわたしは、やがて蔡が新宿周辺の中国人が中心になった集団（犯罪集団もむろん含まれているはずだ）のまとめ役のような立場にあるということに気付かされていく。

井坂警部補から聞かされた、新宿歌舞伎町放火事件における大型拳銃による放火という新事実について、わたしはすぐに蔡に尋ねてみることを考えた。蔡ならば、核心こそ話さないかもしれないが、ヒントくらいは言ってくれるだろうという甘い期待をしたのだ。もしかすると井坂警部補だって全く判らないでいる、放火の動機にも近づけるかもしれないという思いが走っていた。

蔡は、最初首を傾げたが、こんな言い方をした。

「とにかく新しい拳銃があれば、最初に中国グループは手にしているからね。まるで新種のカタログのような街だ。どこから入手？　そんなことは知らないですよ……ウフフフフフ」

名高き怪盗のような笑い方をして、わたしの目をじっと見る。その目は決して笑っていない。わたしは思わず目を逸らした。蔡の後ろの壁に奇妙な形のシミがついている。あれは血の跡じゃないか――そんなことを考えてみる。

「新しい拳銃というのは、どういうこと？」

「車と同じですよ、ベンツが新しいタイプの車を出す、アウディがフルチェンジした新型車を出す、それが市場に出回る前にもう乗っている奴がいるでしょう？　街で見かけませんか、そういう車。あれと同じですね」

「拳銃の世界にもそういう、なんというかな、モデルチェンジというか、アップグレードみたいなことをして新型が出るというのはあるんですか？」

「ある。ある、ある」

「すると、中国人の集団では、そんな新型の拳銃が出回る前に集まってくるっていうことですか」

「そういうことはたくさんあるね」

わたしは拳銃の世界がそんな、趣味的な要素をもっているとはそれまで全く知らなかった。中国人を中心とする集団では、それが情報だけでなく現実に並べられるという。マニアにとっては垂涎の状況が呈されているに違いない。新型拳銃を掴んだ者は、恐らく仲間内などでそれをひけらかしたりするのであろう。

わたしは、井坂警部補に言われた通り「世界最強の拳銃」と言い、それが入手できる連中はそうざらにいないだろうという警察の見解も披露した上で、蔡に尋ねた。

「蔡さん、どうかな、そんな新型拳銃の品評会に、そのS＆WM500が、二〇〇一年の九月、いや夏頃でもいい、出されていたなんてこと判りますか、今」

蔡には、いかにも面倒な課題を与えてしまったことになる。しかし蔡は、「日にちをくれ」と、割に簡単に請け負ってくれた。

十日ほど経った土曜日、蔡から電話があった。蔡はちゃんと仲間内に聞いておいてくれたのだ。しかしその答えは、わたしをひどく落胆させるものだった。

「あんたの言っていた拳銃は、二〇〇一年にはまったくないよ。出来ていないんだ。おかしなこと言うなよ、あれは二〇〇三年に出来たものじゃないか。いくら新型を入手するのが早いと言っても二年先のものを手に入れられるほど凄腕の仲間はいやしないよ。ウフフフフ……。齊藤さん、あんた、なにか聞き間違えてるね。あるいはペテンにかけられた？」

蔡は電話の向こうで笑っていた。蔡がこのような具体的な情報についてウソを口走ることは、今までに一回たりとてなかった。その前にしっかり吟味検討するのが蔡なのだ。言葉ひとつで揚げ足を取られることがいかに怖いか彼は知っていた。だから、わたしは蔡の言い分をすぐに呑み込んだ。

井坂の野郎、あれほどハッキリあの拳銃のこと言ってたじゃねえか——わたしは腹の中で毒づいていた。

「ちょっとしたミスだと思う、ご心配なく……。また、このことで再度お訊きすることがあるだろうけど、懲りないで応えてください」

その場から逃げだすように電話を切った。

蔡にはS＆WM５００のことは伝えたが、それがどういう使われ方をしたかは言っていない。しかし、蔡は勘の鋭いところがある。あとになってわかったが、蔡はその鋭い洞察力で、警察の目論見さえ見抜いていたのである。

また、井坂警部補にしても、わたしにあの事件のことで何か伝えたかったはずで、肝心要のディテールをわざと間違ったことを伝えるとは考えにくいことだった。

とにかく、すぐにこの大きな齟齬の因を確かめなければならない。わたしは井坂警部補の携帯電話を鳴らした。彼はすぐに出て、「何の用だ？」と眠そうな声で応えた。

「井坂刑事もアルファベットや数字が苦手になってきた歳になったってことだな」

「なんだ、突然」

「こないだ教えてもらった道具のことだけど……」

「なんだっけ？」

「S&WM500のことだ」

聞こえづらくするために、わざと早口で言った。

「なに？」

「床に向けてぶっ放す。弾が火を噴いて飛んでくってヤツだ。『世界最強の拳銃』の名前をそうも簡単に忘れるってことは、さてはテンプラだったな？」

「くだらんこと言うなよ。道具がどうした」

「歌舞伎町の放火事件の時には、あんたが言った道具はこの世に生まれてなかったんだよ。まったく影も形もねェんだとよ。こっちは確かめたんだ。どうしてあんなウソを教えたんだ。あんたたちの話はだから信用できないんだよ……」

井坂警部補はしばらく黙って、わたしが藪から棒に喚き散らしていることを、今一度、反芻しているようだった。

「ははあ、あれね……」

そう言って井坂警部補は電話口でフッと笑ったような気がした。

「あんた、どうしてあの道具が、事件よりもあとに出回ったモノだって知ってんだ？　誰から聞いたの？」

「そんなことはどうでもいいことだ。どうせだったら本当のところを教えてくれ」

「オレが判っていることだったら教えてやるよ。しっかしねえ、あの道具が違うって、どんなところから聞いてきたのかねえ……」

井坂警部補と話しているうちにだんだん判りかけてきていた。

「どうだかな、ウソやでまかせや、オレをダシに使うような話じゃいくら聞いても無駄だよな」

「あんたもオレらの話を使ってそれを飯の種にすることだってあろうよ」

「そんな薄っぺらなことするほど、萎《しぼ》んじゃいない」

「とにかく近くに来いよ、新宿にいるの？」

歯軋りをしたい思いだった。気付かないところで利用されそうになっていたことほど、頭に来ることはない。井坂警部補の本性を見る思いで、それも腹立たしさに輪をかけた。所詮刑事などそんなものには違いないのだろうが、それでも苛立たしさは消えなかった。

拳銃の使い方

「要はあんた、オレを利用したんだな。あの道具がいつ開発されて、いつ出回るようになったかなんて、そんなことは今の時代、ＰＣのキーボード叩きゃたちまち出てくるよ。それをしなかったオレもとんだ太平楽だがな。あんたが知りたかったのは、あんたのヤマで、どういう奴らがそんな最新兵器をいち早く手にしていたか、手にすることが出来るのか、それだろ？　オレが誰にそのことを確かめに行くのか、聞きたかったんだ。それをオレみたいな鉄砲玉に餌ぶら下げて、訊きに行かせようって寸法だった。大きなネタを教えてくれたんだから、その情報のウラ取りの当て先や聞き出したことをオレもまんま黙っとくわけにはいかない。そのこともお見通しだな。まるで、忠犬ポチってとこだ。その手には乗らない。実際オレは、あんたが聞き出したいと思われるところでＳ＆ＷＭ５００の話を聞いてきたんだがな、かえってあざ笑われたぜ」

「ふーん、そりゃどこだね？」

「どこまで図々しいんだ。呆れるね」

「それで？」

「Ｓ＆ＷＭ５００のことはいい。事実だけ教えてくれ」

「その道具のことはなんて言っていた？」

「しつこいな。今、あんたが追いかけているヤマのことはどうでもいいんだよ」

「オレの方はどうでもいいわけじゃない」

「やっと本当のことを言ったな」

「あのね、ギブアンドテイクってことは知ってるだろ?」

西新宿の高層ビル群の谷間の底にあるような暗い喫茶店で、わたしたちは向かい合っていた。

ただ、わたしは疲れてきていた。

「ハッキリ言うわけにはいかないけど、歌舞伎町の中国人グループの首魁だ」

その程度のプロフィールで、その身元を洗われるような蔡ではない。

「あんたはその線ばかり追っている。その線では、あの道具は出回ったたってことだな?」

「そうだ、とは言っていないぜ」

「まあいい。しかしあんたはその線ばかり追ってるんだな……」

「それだから利用しようとしたんだろ? もういいよ、井坂さん——。歌舞伎町の放火のことを教えてくれ。道具もウソだったということは、そういう火のつけ方だったということも、テンプラだったたってことかい? そうだったら最初から教えてくれないか?」

「心配要らない。カマかけたのは道具のことだけだ」

井坂刑事は案外あっさりとそう言った。

「話半分で聞くとするか」

「ふん、まあいいよ。『デザートイーグル』って知ってるか?」

「知らないね」

「ハンドガンでは最強、って言われている」

「また最強か。拳銃の世界ではいくつ最強があるんだ?」

「それが本当のところだ」

「あまり意味はないな。時間の無駄だったようだ」

「くさるな……」

「くさっちゃいない。ところであんたがウソまでついて、人を利用してまで追いかけているヤマってなんだよ。興味ないけどさ、参考までに知っときたい」

「ゴルフ練習場跡地のこと」

「発砲? けど井坂さんが動く件かな。暴力団方面じゃないの?」

「いろいろとな……」

私は、井坂警部補のコーヒー代も払ってそこを出た。

デザートイーグル——井坂警部補には意味がないなどとは言ってみたが、もう一度恥をしのんで蔡の所に行って、この道具の名前を尋ねてみようと思っていた。口にするのも恥ずかしいような大袈裟な名前ではあるが、それはそんな名前だから仕方がない。

「デザートイーグルね、いかにもといった名前ですね、わたしは拳銃のことなど判らない、齊藤さんが聞いてくれっていうのなら聞いておきます。まあ、時間をくださいえ？　前のこと？　さあね、その拳銃の名前も忘れてしまいましたよ」

微笑を湛えて蔡はそう言った。

井坂警部補のつまらない工作のことが頭から離れなかった。従前のわたしの底の浅い問いかけが蔡のところに変な形で飛び火したりしないか、あるいはしなかったか気になっていた。しかし蔡は、意に介していないようだった。安心はしてみたが、それが蔡のポーズのような気もしてきて、今度は井坂警部補のやり方に憮然となったりした。

「判ったよ、面白いことがね。齊藤さん、おいでよ」

蔡から電話があったのは、デザートイーグルの件で再度依頼してから二週間も経った頃だった。わたしは蔡の古ぼけたマンションに向かった。

「拳銃のことはハッキリ誰とはいえませんが、前に訊かれた時にお伝えしたように、やっぱりわたしの知っているグループでも扱っていたそうですよ、デザートイーグルでしたね？」

「そうです。するとなんですか、その拳銃も蔡さんの仲間が扱っていたということですね？　例によって新型拳銃の品評会のような感じでかしら……」

「そういう場面もあったようですがね、わたしが聞いたのはそれ以上のことだったよ。それとね齊藤さん、言っとくが、わたしの仲間じゃないよ、中国人を中心としたあるグループのことです。そういうのはそれこそごまんとある、ここ新宿にもね。全部がわたしの仲間じゃない。仲間だったら、あなたに話さないよ」

「……そうですか」

そういうのを「クリミナル・グループ」っていうんだろ――。

「それでその面白いことをお話しする前に、ちょっとわたしの方からお訊きしたいのですがね……。齊藤さん、あなたがそんな拳銃のことをなぜわたしに聞いてきたか、もうちょっと詳しくお訊きしてもよろしいか？」

「いいけど――」

「あなたは、拳銃がある事件に使われたことを探っているのでしょ？　その事件のこと話しませんか？」

ここで歌舞伎町の放火事件のことを蔡に話していいものかどうか。井坂警部補の話が今度こそまったくバイアスのかかったものでないのであれば、今度は蔡の側に特殊な情報がもたらされることとなる。それがいいことか悪いことか、判断に迷った。

わたしはもう少し我慢して蔡の目を見つめていた。

「どうかな？　……あのですね、少なくともあなたが訊いてきたデザートイーグルは、この前から言っている仲間内の新型拳銃品評会だけに使われたわけではありませんでした。大きな事件に使われたとの風評が流れてきた。月日が経っても、やっぱりいろいろ聞いてみるもんですね。面白い話に出くわす。話のネタになる。ある時はそれが金に繋がるかもしれないね。まるで瓢箪から駒だ。ウフフフフ……」

唇を変に曲げてにやつく蔡にわたしは言った。

「面白いことっていうのは、ある事件にデザートイーグルが使われたってことですか。それも蔡さんの仲間、いや、新宿あたりの中国人を中心とする外国人グループでってことですよね」

「そういうことです」

「その事件というのはなんですか？」

「訊いているのはわたしの方ですよ、齊藤さん」

「……七、八年経つなあ、あの大火事から。あのとき蔡さんはここにいたんですよね」

「やっぱり、そうでしたか」

蔡はさほど驚くような表情を見せずにそう言った。やっぱり、などと言われて驚かされたのは、こっちの方だ。

「なんとも面妖ですな、今僕が言ったことで判ったの？」

「判りますよ、歌舞伎町の放火事件のことでしょう？　わたしが聞いた事件というのがそれですよ。齊藤さん、こりゃ大当たりですね？　ハハハハハ……」

腹を抱えるようにして笑う蔡を見て、私も不思議な思いにさせられた。この男もこんなふうに笑うことがあるのか――。

「大当たりですね。歌舞伎町放火事件。確かに大当たりだ」

蔡の哄笑の意味が分かった。蔡はわたしから得たヒントを使って、どこかで金儲けをするに違いない。その算段がすっかり出来上がったから、あんな高笑いをしたのだ。それは確かに大当りに違いない。ヤクザの世界では、それをシノギという。われわれ市民にはまったく判りかねる金儲けの仕組みである。蔡のような世界でも、同様の稼ぎのシステムが存在しているに違いない。その具体的な流れについてはその一片でも知る由もないが。

ところで、ここでもわたしは、大いに利用されていることを自覚しなくてはならなかった。ただこの自覚は井坂警部補の時とは違って、さほど憤るほどのことでもなかった。わたしの方にしても、やはり取材という形で情報のシノギをしようとしているのだ。井坂警部補がしたこととは根本的に違う利用の仕方が、蔡にはあった。

蔡が大笑いしてくれたおかげで、わたしも同じくらいに気分が浮いた。

「蔡さんは関係ないんだろうけど、あの放火事件でデザートイーグルがどうやって使われたんだろうね？　そんなこと聞いてないか」

「詳しくは判らないですよ、けどね、何かこう、弾を撃って硬いところに打ち付けて発火させる、こんなイメージなんですね。実はそういう仕業は、わたしの知っている集団でも、何回かやらされたことがあると聞いています。集団じゃ、わりあいポピュラーなやり方だそうです。あんまり驚きませんよ、わたしは……」

「何回か？　つまりこれまでにも同じようなケースがあったということですか？　それは蔡さん

の知っているグループが関わっているという意味ですか？」

「そうね……」

　蔡は続けざまに訊いているわたしに苦笑している。

「蔡さんの知っているグループはこれまでに、何回もそんな仕事を依頼されているということですか？　強力な拳銃を床か壁か知らんが弾を打ち付けて、発火させて、火をつけるって、荒っぽい仕事を」

「ちょっと……、そこまで断定はしていないね」

「しているも同然だ。もうちょっと教えてくれませんか？」

「……」

　蔡は黙ってしまった。こうなると途端に口が重くなるのも、彼の国の人達の特徴である。しかし今度は、そんな特徴だから、と行儀よく諦めてばかりはいられない。

　蔡は腕を組み、目を瞑っている。しばらくしてからじろりとわたしの方をみて、

「齊藤さん、この間からあなたが知りたいことについては、だいたい満足したでしょう」

　あやふやな文法を使って蔡は言った。

「だから今はそれでいいと思っていて下さい。それ以上のことを話せる時が来るか来ないかは、何でも事の成り行き次第です。そういつもいつも自分の思った通りに事が運ぶとは限りません。あなたもわたしも……。けれど今、あなたはある程度の満足はしているはずです」

蔡は席を立ってドアを開けた。日本人からすれば辛辣な態度に見えるが、彼らにとってはそれほどのことではない。通常の意思表示に過ぎない。わたしも特に気を悪くしたり、今後のつきあいの変化を意識したりはしなかった。

ただ、この事件の行方については、もう一押し、いわばダメ押しの展開が待っていた。

地下室のある店で

蔡から電話があったのは、それから十日ほど経った日の昼時だった。

「齊藤さん、いつも忙しくしてばかり、ダメだよ。連絡寄越さないと、せっかくの面白い話が誰かに持って行かれますよ」

わたしは思わず声を立てて笑った。

「しばらくですね。どうかなさったんですか？　面白い話だったら歓迎だな」

「面白い話です。どうです、いつもわたしの部屋ばかりに来てもらっているから今日は外で会いましょうね。区役所通りを歌舞伎町の方から入ってきて、すぐの所にある食堂で飯を食いましょう、か？」

言葉を変に区切って、蔡は初めて、自宅とは他の場所にわたしを誘った。

そこは雑然とした場所だった。一体どれくらいの国籍がこの狭い店に詰まっているのか。さほど広くないが、そこにいるほとんどは外国人である。

「蔡さん、美味そうですね。オレもそれ頼んでこようかな」

私は蔡と同じカレーライスを頼み、食べながら話した。

「齊藤さん、この前聞いたあの拳銃の話ね……」

「え？　拳銃？　なにか面白い話ということでしたね？」

カレーライスのスプーンを掬っては、蔡の目を見る。

「そうです。あの拳銃の使い方です」

「ああ、今までにも同じような使い方をしたことがあるって言ってたね。あのビルの放火事件以外にも」

「そうです。歌舞伎町の例の放火事件以外にもね。ああいう使い方することが多いのですね」

「そういう使い方しているというが、蔡さんはその詳しいことは教えてくれなかったよ」

わたしのいうことはまったく無視するように蔡はいった。

「わたしの知っているグループは、そういう依頼をこれまでにもいくつか受けているそうです」

「そういうことでしたね」

なにを今さら、という思いだった。

「そういう一人がいるんですね」

「え？」

「会いますか？」

「はい」

蔡のやつ、さてはシノギをしくじったな。いやいや違うな、もうシノギは終わったんだ。だからオレにこんなことを言い出した。どっちにしてもこれはオレにとって、面白い話には違いない。真贋は別にしても、会っておかなくてはならない。蔡のシノギのことはこの際、関係ない――。

わたしはそんな風に考えながら、蔡の後についていくことにした。

蔡は店の地下に降りていった。地下といってもその店の続きである。多くの客は出された皿を持って地下に来ていたのだ。まるで修道院のダイニングのような広間に、長い机が幾列にもなって、そこに客がビッシリ詰まってめいめいの皿にその頭を突っ込んでいた。階段の上からはそれが俯瞰して見えた。あの夥しい数の客は、ここで食べていたのか。

見ると空き皿を抱えた客は、今度は向こう側の上り専用の階段を上がっていく。上がったところが確か、片付け物を置く棚があるコーナーである。

蔡はそんな客の間を通って、地下フロアの一番奥のドアの前に立った。ポケットから鍵を出してそのドアを開ける。

「齊藤さん、こっち」

「――」

こちらは客の間をすり抜けることで必死である。

「さあ」

ドアのなかに滑り込んだ。そこから先は薄暗い廊下になっていた。向こうに同じようなドアが見える。素早くドアを閉めると、蔡はドアに鍵を掛けてしまった。客はわたしたちのことを振り向きもしなかった。

蔡は、その廊下の先のひとつしかないドアの前に立って、また鍵を取り出し開けた。

こんな所に地下室があるのか――。不思議な感じがした。ドア一枚隔てただけなのに、この部屋には隣の食堂の様子が窺い知れないほど音が漏れてこない。これはあとで判ったことだが、この地下室はなんと、花園交番の地階（花園交番は地下がない）とほぼ接していたのである。現実はいつでもふざけている。

なんとも殺風景な部屋だった。そこにはクリーム色の壁と黒いフェイクレザーの応接セットが無造作に並べられていた。床は暗い色のリノリュームが敷かれていた。手前から二番目がちょうど三日月型に欠けていた。どうしたらあんなふうに欠けるのか――。

向こう側にはまたドアがあった。ちょうどホテルのコネクティングルームのような造りになっていた。蔡はその向こう側のドアを開けると（そこには鍵はかかっていなかった）、「YA，NI」（わたしにはそうとしか聞こえなかった）と言った。そうしてわたしの方を向いて、「そこに座って下さい」、と応接セットのソファーを示した。

向こうのドアから、のっそりと大きな男が現れた。一八〇センチは優に超えていた。そのうえ肩幅が広い。眠そうな目をした三十前後の男である。左耳が潰れていた。白い開襟シャツを着て、黒っぽいズボンは意外にもきちんとした折り目がついていた。男はわたしの目を見ながら、向かいのソファーに腰を下ろした。

「那个事，説能做」

蔡が男に向かってそう言った。この男がそうなのか。

「ちょっと待って下さい。わたしは中国語は話せませんよ」

「多少の日本語ならいくらでも通じますから、大丈夫ですよ」

蔡の日本語も、多少おかしくなってきていた。

「あの、要するに、拳銃を使って放火したり、そんなことを頼まれたりしたことがある、ということですか?」

わたしは、真正面に座っている大柄の男と蔡を見比べながら聞いてみた。

「そうですよ」

意外に繊細な声で男は応えた。

「そんなこと誰が、あなたたちに頼んだりするのですか?」

「そんなこと誰って限らない。自分に頼むかどうかもわからない……。うん、暴力団だってあるよ」

「齊藤さん、まあ、言えることと言えないことがある。ただ、そういう事実があると確信を得ればいいのでしょう? 今のこの男の答えは、その確信ですね、そうでしょう」

確かにそうだ。蔡は心得ていた。

慎重な蔡は、この男がそうだった、とは言わなかった。グループでは、受けた仕事については皆が共有する。それがいわば掟なのだ。掟などというと途端に芝居がかってくるが、ほかに適当な言葉も見つからない。ルールか。それでは少々緩やかに過ぎよう。

その掟に沿ったところを、彼らにとって一番安全な範疇だけをその男は話し始めた。この吐露が蔡にとって、どのような利となっていたのか、なっていなかったのか、それはもう判らない。

そこには、韓国人が中心となったグループとまったく共通する流儀があった。わたしは、目の前の男と話しているうちに、ようやくそのことに気が付いた。それは、確かに彼らの日本における仕事に対する流儀なのである。

「あの晩、あの現場に行ったのは、〝ツォシ〟と〝ベンシュ〟。グループ内での実行部隊は皆、こんな呼ばれ方をしている。名前などではない。あくまで記号なのだ。この記号は〝ピンイン〟を組み合わせただけのものだ。意味は全くない」

それは彼らの中での単なるしきたりに過ぎないかもしれないが、わたしは、なんとなく軽くない意味を感じていた。あとになって蔡にこのしきたりの由来を聞いてみると、〝ピンイン〟とは、中国語のＡＢＣのようなものだという。中国版アルファベットの組み合わせ、ということのようだ。英語ならばさしずめ、ＨＲだとか、ＷＬというものなのだろう。

中国にも暗号は無数に存在するが、このピンインを組み合わせたものはないという。だから、グループはこれを採用したのだそうだ。こんな子供だましのような簡単な組み合わせでも、日本では、やはり判りにくくなるという計算も働いているという。確かに一回聞いただけではまったく判らない上に発音も難しく、実際覚えにくい。

「自分のグループは、十一の記号がある。全部が中国人とは限らない。韓国人も一、二名含まれている。最近はベトナム、フィリピンの不法入国者も増えてきた。誰もが最初はこの実行部隊である。ただ、グループのリーダーという存在はない。グループをいくつも束ねている、〝老板〟と呼ばれる人がいるきりだ。だからグループ内では役割の分担はあるが、日本人が好む上下関係はほとんど存在しない。個々に差があるとしたら、それはこの日本に不法滞在している年数だ。それでも、仕事の性質によっては、一回の仕事が終わると、その直後に闇で帰国をしなくてはならない。ほとぼりが冷めた頃、日本に舞い戻ってくる。これを繰り返す。

だからこの繰り返しで日本の滞在年数が決まる者もいる。それは、仕事の性質が際立った者だけだ。自分がそうか、そうでないかは、誰にも言えない。グループ間でもそんな詮索をしないし、させたりもしない。

グループの仕事を持ってくる担当者がいる。その相手は、なんやかんやと広い分野のようだ。自分が聞いたもののなかで数が多いのは、なんといってもヤクザだ。その次に商社、ゼネコン、金融といったところだ。これを総称して担当者は、〝兜售〟（強いてこれを訳すと、売り込み、とでもなるらしい）といっている。日本ではそれを営業というのだそうだ。その言葉のニュアンスが同じかどうか、わからない。

一番多い営業先はヤクザだが、その数はすぐにはわからない。兜售担当者だって、すべてを把握してはいない。

一方、頼まれる方のグループの構成は、流動性が高く、ひとつ仕事を終えると、まるでビーカーの中の浮遊物が攪拌されるように人が入れ替わる。齊藤は何度か『クリミナル・グループ』という言葉を使ったが、そんな言葉はわたしは聞いたこともないし、使ったこともない。ただ自分達は、不定のグループで、兜售が受けてきた仕事を正確にこなすだけだ。そこに名称などあるはずもない」

その男の話は、進行する毎に濃度を増してきた。話してもよい境界線をいちいちその頭の中で確認しながらの、彼にとっては実に疲労の伴う語りであったろう。聞いているわたしの方も、疲労感に圧倒されそうになってくる。大いに戸惑い、穏やかでない心境で、取材を進めていかなければならなかった。

「ツォシとベンシュは、いずれも背が高い。一九〇センチはあったはずだ。むろん、今は日本にいない。その仕事は、兜售がヤクザから得たものだった。仕事に、なぜだとか、どうしてというような質問は禁じられている。罰則はないが、誰もそれを問うようなばかげた真似はしない。ツォシもベンシュも、いずれもそのような問い合わせをしなかったはずだ」

わたしはこの男が言うところについて、できるだけウラを取りたかった。話のすべてについては無理でも、出来るものはやっておかなければならない。

男の話の多くはウラが取りづらいものだったが、ヤクザの箇所は、努力しさえすればなんとかなると思った。わたしは、グループに密かにあのようなことを依頼しそうな組を探ってみた。

「外国人犯罪グループと繋がりがある組を知らないか」

まずは、警視庁の組織対策四課（旧捜査四課）の親しくしている刑事に尋ねる。

「久しく会っとらんと思ったら、また、なにか変なことを聞きにきた。なんじゃ、それは？」

竹内という太ったその刑事（巡査部長）は、額に光る汗を拭きながらそう言った。冬だろうがどこだろうが、きっとシベリアでも汗をかいている不思議な体質の刑事だ。

「そういう組は多くなってるな。組長が在日というところも多いからね。中国系の犯罪グループ？　ふん、そういうところも少なくないな。なにしろずっと前のジャイアンツのように純血を守っている組の方が少なくなっているからね」

そういえばかつての読売巨人軍は、純血主義で外国人選手を取らなかった。この太った刑事は無類のジャイアンツファンなのだ。Ｖ９時代の末次（民夫・利光）の打率を何も見ないで年次毎に諳んずる。この球団の話さえしておけば常に機嫌がいい。教えてくれる話も大いにサービスしてくれる。

「つまり、最近の外国人には、ライトクラスの〝選手〟が多いのかい？」

「ライト級はいくらも居るだろうよ、ハハハ……。たとえばさ、シピンだとかクロマティクラスがいきなり入ってきているわけよ」

「なるほどね。ところで、組員だけじゃなくて、外国人犯罪グループと〝提携〟しているような組ってのは、あるのかい？」

「〝提携〟？　トレードでもしようってのかい？」

「そうじゃなくて、〝仕事〟の方でさ」

「あるかもしれないな。実態は掴めないがな……」

竹内刑事は一瞬考え込むような顔をしてこう言った。

「そうだ、こんなケースがあった。ある組なんだが、そっくり仕事をある中国人の集団にさせた。危ない仕事だよ。仕事のブツは道具（拳銃）だったけどね。仕事を中国人集団にさせたはいいが、その組はそのとき、大きな分け前を彼らに渡さなかったんだ。それで中国人集団が、一斉にその組に殴り込んだ。青竜刀持ってね。犠牲者出たよ。そのとき組側の若いのに訊いたら、こう言っていたな。『いつもは必ず分け前を渡していたが、今回の仕事は身入りが大きかった。それでつい全部をガメってしまった』とね。ということはつまりだな、その組は、中国人の犯罪グループとは常日頃、一緒に仕事をこなしているということだろう？」

「その組、なんていうの？」

わたしはそれを聞いた。幸いなことにその組には、わたしの知っている幹部がいた。

「おいおい、そこにふらふら行って話を聞いたりすんなよ。無鉄砲にもほどがある。オレはつい喋りすぎたようだ」

「しないよ。竹内さんは喋りすぎていない。むしろ話さない方だ」

「そういうことも、ないとは言わないよ、だけどそんなこと知ってどうするのよ」

Ｂ総業の圓藤という、幹事長と呼ばれている幹部は、タバコの煙で眼を細めながらこう言った。

その組の事務所の応接セットは、大企業並みに豪華なものだった。暴力団の世界も不況だと言われているが、この組はそうでもないのだろう。

「そんな実態を調べているんですよ、今」

わたしは曖昧に答えた。

「実態ってそんな大袈裟なものじゃないけどな」

「圓藤さん、やっぱり外国人犯罪グループと仕事、分け合ったりすることもあるんですか？」

「分け合うって、そんなに仲がいいわけじゃなし、そもそも、外国人犯罪グループの存在をよく知らんのよ、悪いけど」

「中国人のそんなグループが殴り込んできたりしたことがあったと聞いたんですよ」

「あった、かな」

「四課の刑事が言ってましたよ」

「なんでも喋るんだな。そうだな、あれは中国人のそんなグループだった」

「仕事を中国人達に出したりすることはあるんですか？」

「ことと場合によりけりだね」

これ以上しつこく聞いたところで、その〝ことと場合〟の具体的な例を懇切丁寧に語ってくれるはずもない。

「そんなこと、知ってどうするのよ」

圓藤幹事長は最初と同じ台詞でわたしを質したが、そこ止まりだった。

「あんたから刑事には何も言わないようにな」

「わかってます」

わたしは応えた。ヤクザとグループとの接点は、どうやら、あると見てよさそうだ。

豊明一家殺人放火事件との共通性

地下室の男の話の続きに戻る。

「あの年（二〇〇一年）、九月の初日にあの仕事は決行された。日付は兜售が指定してきた。もちろん、その先のヤクザの意向であろう。なぜ、こんな仕事をしなければならないか、それは問わないにしても、自分は、なぜその日が指定されたかということについては、頭を捻ったものだ。どうして九月一日でなければいけないのか。余分なこととはわかっていても、つい考えさせられた。その日は、わたしの誕生日なのだ。密かに聞いても、グループの連中はだれもわからない。興味すらない。兜售に遠回しに聞くと、『くだらない詮索は身を滅ぼす』とたしなめられた。兜售が知っているわけもないことはわかっていたが、もしかして、ということもあろうと思っただけだ。九月一日というのが何を意味するのか、今もよくわからない。

その日、もう日付は変わって九月一日午前零時過ぎ。歌舞伎町はそんな時間でも充分に明るい。明星56ビルは、中に入っても、さまざまな音が波のように引いては寄せ、その繰り返しだった。

ツォシが先にビルに入る。しばらく経って、ベンシュが入る。予定通りだ。ツォシはあるところに、すぐにも燃えるモノを置いてくる。重要な作業だ。そのモノはできるだけ低いところに置いておかなければならない。そしてその位置を、できるだけ詳しく伝えなければならないのだ。伝えられるのは、ベンシュである。十数分後に入れ替わるベンシュに、それは伝えられるのだ。正確に。

麻雀店がある三階階段踊り場に、モノは据えられた。ツォシは誰にも気づかれず、その仕事をして、ベンシュと入れ替わる。ベンシュは懐中に、大型の〝手枪〟を忍ばせていた。手枪については、警察がうるさく探っていた。ついでに齊藤も探っていたようだ。グループが持っている手枪である。よせばいいのに、そんなことをしても、あの連中にそんな大事なことがおいそれとわかるはずもない。努力するだけ無駄というものだ。ただ、われわれは、新しいものであろうと、昔からあるものであろうと、手枪は比較的簡単に手に入れる。それぞれに使い方があって、この仕事の時はデザートイーグルが使われた。このことで蔡が最初、兜售のところになにかを聞きにきた。それから、自分の登場となった。仲間といっても当然利害が絡む。その原因が、齊藤の余計な詮索ということが判った。確かに余計だった。利害はその時点で、上下関係すらつくってしまう。自分達は常に居心地のいいところにいたいだけなのに、それをいつも外の者が毀す。齊藤もその一人だ。しかし、一度つけられた上下関係や利害関係は、すぐには覆せない。人のせいにだけしていられない。

ベンシュが手枪を抱いて、ツォシの横に立つ。まるで歩哨が入れ替わるように、彼らは行動する。決められた行動だ。ツォシは準備の内容を詳しく伝えると、静かに三階から去った。ざわめきは常に聞こえている。その無造作とはまったく正反対の行動を彼らはとる。

ベンシュの懐から、手枪が引き抜かれる。撃つ。銃声など、あの無造作な喧噪がたちまち消してしまう。ツォシが据え付けたモノに、正確に火をつけた。何もかも予定通りである。火がフロアを舐め回し始めた時、ベンシュは階段でゆっくり二階まで下り、非常口の窓から道路側とは反対にひらりと飛び降りた。そんなとき、誰に見られてもあまり気にする必要はなかった。歌舞伎町がいくら明るいといっても、道路側の反対側は暗い。そんなところで覚えられるような人相など、よほど特徴がない限り、ない。そのあたりも検証済だった。彼らは経験がそのまま検証に繋がる。いつだって充分な検証ができるのだ」

男の話は、事件の核心を見事に突き上げていた。

実行犯は二人の中国人、それでいいだろう。しかし、それはあくまで実行犯である。この事件の主犯はやはり、豊明一家殺人放火事件の時と同じように、歴然と存在しているはずだ。

ヤクザはなぜ、この仕事をグループに依頼しなければならなかったのか。ヤクザの前に依頼者があったのか。あるとしたらそれは誰か。兜售は誰なのか、蔡なのか。

そして、明星５６ビルを狙ったその動機が、そもそもわかっていない。地下室の男は、ツォシとベンシュが最初から同ビルに火を掛けろと命じられていたと、ハッキリ言っている。これはどういう理由からだろうか。ビルの持ち主、瀬川重雄氏への脅迫なのか。もっと他があるのか。あるいは、井坂刑事が言うように威嚇なのか？

男が言っていたように、指定された日付九月一日すら、その意味は不明である。

この主犯連中を含め、取り巻く登場人物と動機が明らかになった時初めて、この事件は全面解決の目処を見る。

その意味では、わたしが同時に追いかけていた豊明一家殺人放火事件とこの新宿歌舞伎町ビル放火事件は、奇妙な相似を見せた。

新宿歌舞伎町は、ランドマークであるコマ劇場の全面改築で、その様相を一変させようとしている。放火事件のあったあの雑居ビルもコマ劇場のすぐそばだった。十二年が経過して、むろんそのビルもない。あのときの阿鼻叫喚は、時間とときおり吹くビル風がとうに消していた。

第4章　八王子スーパー強盗殺人事件

「齊藤さん、あなたが書いたこと間違いじゃないって、そんなこと言う知り合いがいるよ。ああ、この男もその一人ですよ。あんまりいろいろと気に病むことはない。もっともっと突き進んでいいと思います。あなたは警察とは違うんですからね」

蔡は長い話のあと、そんなことを言った。

〝地下室の男〟が一人話している間、蔡は通訳はしていたが、中国人らしからぬ律儀さでかたわらに座っていた。それは、むしろ監視に近いものだった。

わたしが蔡に連れられて再び地上に上がったあと、蔡は別れ際にこんなことを言った。

「齊藤さん、今の男が部屋を出る前にこう言っていました」

そういえば、二人は中国語でなにか話していた。

「『世田谷の事件だけど、自分から話を聞いた者をもう一度当たってみよう』ってね。あの男も奴（世田谷一家殺人事件を知っている者のこと）を知っているらしいよ……」

わたしは喜んだが、残念ながらそれは、今に至っても実現していない。

「ああ、それとこんなことも言っていました、これもあなたに伝えてと。それはですね、『全然別のグループですが、まったくおかしな事件のことを話していた』ということなんですがね……」

「ほぅ。近く、詳しく聞くことができますか?」

「できるでしょう、ええ、できるでしょう。けど、それはわたしが連絡します」

蔡はあくまで慎重だった。周辺の人物には、絶対に自分の頭越しに人を会わせるようなことはしない。

中国の邦人死刑囚〝ヤマグチ〟

二〇一〇年四月九日、中国で日本人初の死刑(三人)が執行されたが、そのなかに、〝地下室の男〟が知っている、という人物が含まれていた。わたしはそのことをずっと後、つまり死刑執行後に聞いている。

後になって言うことは誰でもできる。わたしもそれは否定しない。対象者が死んでしまえば死人に口なしで、なんとでも言いようがあろう。しかし、あの〝地下室の男〟がそんなことをわたしに言ってなんの得があるのか。

「不思議なものですね、自分は、あのとき祖国で死刑になった日本人の一人を知っているのです。死刑になったのは、わたしの知っているヤマグチと名乗っていた男(彼は死刑執行された三人の日本人の名前は正確に知らなかった。この〝ヤマグチ〟と名乗っていた男は、三人のうち武田輝夫（執行当時、六七）のこと）に間違いありません。

ヤマグチは、自分達が日本国内でグループを構成する前から、その原型となるようなものを創っては犯罪を繰り返していた日本人です。いいことではないが、今の自分達の先駆けのような日本人だった。もう数年前からは、日本人はほとんど、グループに参加しなくなったけどね。その代わり他の外国人、そうね、韓国や北朝鮮、フィリピンなんかが加わるようにはなったね。

そうそう、ヤマグチだが、奴の専門は〝強盗〟だった。それだけを目的とした、今でいうグループをつくっては、あちこちで強盗を働いていた。今のように、同胞が中心になって、グループをつくっていたわけじゃないんだ。

まあ、自分もその時代のことを知っているわけじゃないんだがね。これは、いつも習慣となっている、グループ間の情報のやりとり（共有であろう、筆者注）によって、知っているに過ぎないのだがね。いやいや、それでもあんたには特別の話には違いないだろう。

だからね、自分はヤマグチの顔も、写真の限りだが知っている。以前のことでもやはり、情報だけはきちんと共有し合っているんだ。それだからこそ、ヤマグチが編成した、ずっと前の進化していないグループがやったことも知っている。だからね、そのことを知っているのは、自分達の間では、少なくないはずだ。

その事件？　今から十数年前、八王子、新宿からずっと先に西に行ったところだね？　そこのスーパーマーケットで事件は起きているね？

それだ……。その事件は、ヤマグチが編成したグループが起こしている。

ヤマグチは実際にその現場に行っているはずだ。わたしはそう聞いている。（現場に）いなかったのは、ヤマグチの子分の日本人だ。名前は知らない。その子分がその後どうなったかも知らない。子分は監視だけをしていたのかもしれない。自分はその八王子の仕事がどれほどのものかは知っちゃいない。けれど、それはそれはかなり派手だった、ということは聞いているんだ。今の自分達には、直接は関係ないことだからな……。

そんなヤマグチの顔を次に見たのが、あいつが死刑確定のときだった。死刑が執行される二年ほど前のことです。

自分達グループの間に、ヤマグチ以下二、三人の日本人の写真が回された。こういう情報は実に早く正確です。わたしはその何人かの写真の中に、かつて見たヤマグチの顔を見て、いやな気持ちになったものです。ヤマグチとは会ったことも喋ったこともないが、何故か以前見た写真で、会ったことがあるような気がしていたからです。しかしながら、聞いてみると、その男はヤマグチという名前ではないという。私は驚いた。確かに、あれはヤマグチだった……。しかし、彼はもう死んでしまった。

おかしなものだね。ただ、自分達グループの情報力は、とても信頼できる……」

〝地下室の男〟のモノローグを聞かされると、俄然、警察に対する不信感が高まってくる。

こんなところで突然出てきた八王子スーパー強盗殺人事件、いわゆる「ナンペイ事件」（一九九五年七月三十日発生）は、警視庁が抱えている重大未解決事件として多くの人に知られている。〝地下室の男〟は、この事件に絡んだ一人がヤマグチと呼ばれていた日本人の男で、実行犯は、そのヤマグチが中心になって構成された日中犯罪グループだと言っている。男はさらに、今のグループを〝進化したもの〟といい、その当時のものは、〝発展（進化）半ばのもの〟と言った。

この男の証言は、実はこの事件に関して、ほとんど正鵠を得た指摘といって差し支えない。ナンペイ事件は、閉店後のスーパーマーケットの事務室に何者かが押し入り、そのとき中にいた三人のパート・アルバイト女性が射殺されたという強盗殺人事件である。被害者は一人は四十代、あとの二人は女子高生だった。いずれも頭部に銃弾を撃ち込まれており、即死だった。

この事件では、〝地下室の男〟が言っていたが、捜査当局でも犯人像として、日中の犯罪集団というものの存在を重く見ている。そのなかに、武田輝夫という日本人がいる。武田が中国への麻薬の持ち込み容疑で中国当局に身柄を拘束され死刑確定となり、二〇一〇年四月に執行されたのは前述のとおりだ。武田は一時、ヤマグチと名乗っていたことがある。

つまり、〝地下室の男〟の話で、ナンペイ事件が日中犯罪者集団の手によるものという点と、武田輝夫がヤマグチと名乗ってその集団を率いていたという点は事実関係と一致している。男は、ヤマグチこと武田の〝がんくび〟（顔写真）までグループ内で見せられている。一度は、ナンペイ事件の関係者ということで、もう一度は、母国で死刑が確定した日本人ということで。

わたしは、この男の記憶と言葉は、間違いないものだと思っている。

実際、警視庁はナンペイ事件の捜査途上、中国での死刑が確定した武田のもとに、中国・大連まで事情聴取に赴いたという経緯があるのだ。

それは、武田が拘留中、周囲に「自分の知人の中国人があの事件（ナンペイ事件）に関与した」と言っていたことが日本当局の耳に入ったからである。

不思議なことに、武田の事情聴取を行った警視庁は、その後それをまるで行わなかったかのように無頓着に徹した。事情聴取に赴く前は、新聞がこぞって書き散らしていたものだったが、その結果については一切といっていいほど報道されなかった。事情聴取の内容などもってのほかで、赴いた警察官が帰国したことすら、報道の俎上にのぼらなかったのだ。

いったい彼らは、武田からなにを聞き、何を得たのか——その内容を警視庁はいまだに出していない。

わたしの不信感は、この疑問が起点なのである。現にわたしは、〝地下室の男〟から武田の話を聞いている。武田はそれだけ重要な男だったはずだ。重大未解決事件の真相に極めて近い位置に立っていたはずなのだ。先の事情聴取は、警察にとって千載一遇のチャンスだった。武田がなにも言わなかった、ということもあろうが、それを言わせるだけの材料をなぜ持ち得なかったか。

そして、その事情聴取をまるでなかったかの如くの態度に徹したというのは、どういうことか。

武田はその後、数ヶ月経って死刑を執行された。死刑執行前夜に、警視庁はただ一言こんなことをコメントしていた。

「同人からは（ナンペイ事件に関して）得るものはない。執行前に聞くべきことはもうない」

事件の解決を望んでいないと取られても、これでは弁解できない。

わたしの不信感はいまだに続いている。それは、外国人犯罪グループ「クリミナル・グループ」への当局の姿勢に対しての不信感である。

重要参考人・何亮

事件発生から一八年の間、確かにいくつかの山場はあった。

二〇一〇年、ヤマグチこと武田輝夫が中国内で死刑に処せられる直前、警視庁の課員が中国に行って当人に事情聴取をした時。

その前年（二〇〇九年）とその三年後（二〇一二年）、凶器であるフィリピン製三八口径回転式拳銃スカイヤーズビンガムの出処をめぐる情報の確認のために課員がフィリピンまで飛んだ時。

一九八八年に発生した金沢資産家夫婦殺害事件（未解決。公訴時効成立）で使われた同じ型の拳銃の線条痕が、極めて似ていることが判った時。

二〇〇二年、名古屋市内のＵＦＪ銀行（当時）押切支店で起きた現金輸送車襲撃事件で、現行犯逮捕された男が別の銀行襲撃事件で使った拳銃の、線条痕が酷似していたことが判った時。

覚醒剤所持で逮捕された暴力団組員が獄中より実兄宛に出した手紙に、ナンペイ事件の詳細を綴った箇所があることが、いわゆる検閲で判明した時……。

いずれの山場も、今に至るまで解決に繋がってはいない。

そして、二〇一三年一一月。武田を知っており、それどころか「ナンペイ事件」と直結していると広言していた中国人、何亮（か・りょう）を、別件（旅券法違反容疑）で在住していたカナダ国内で逮捕、日本に移送してきた。

確度の高い情報で、中国人・何の名前と在住先が割れた。「これが最後の有力情報」（警視庁関係者）と認識し、「関係していた部署以外の（庁内の）連中ですら、なにがしかの期待と興奮を覚えていた」（同）という。そんな警視庁の心理的揺動が伝播しないわけはなく、この事件は公訴時効の適用外になってはいたものの、一八年以上前に起きた事件にしては、何の日本移送はいつになく喧伝された。

二〇一三年一一月一五日午後、何は成田空港に捜査員と共に降り立った。マスコミの放列は、本当に一八年も前に起きた事件の関係者？　と訝しく思えるほど膨張していた。

何は、本庁からこっそり八王子署に移され、同署の裏手にある分室ともいうべき別棟で、到着した翌日（一一月一六日）より事情聴取がおこなわれた。最後の山場は緊張に包まれ、それは厳かなくらいだった。しかし、緊張は瞬く間に砕け散った。

「『一切、知らない』オンリー」（捜査関係者）。何は徹頭徹尾、それで通した。

「引き渡し条約のないカナダから、こじつけの罪状で無理に無理を重ねて移送してきたけれど、聴取で吐いた言葉は『知らない』だけだ。この言葉の前に、たとえば一切、あるいは何も、あるいはまったく、全然がつくだけだ。おまけに強硬な弁護人がカナダからついてきて、最初から、『マーダーケース（殺人事件）について尋問するならば、直ちに帰国させる』、などと声高に言っていた。こちらもまるで腫れ物に触るような心境だったことは否めない。あらかじめ勝負あった、という感じだった」（警視庁関係者）

「あんた、〝ゴカノアモウ〟って言葉知ってる？」

何の聴取が不発に終わったあと、これ以上ないという怖い表情で、捜査一課の刑事は問いかける。わたしは知らない。

「ふうん、案外だな。あんたの戯れ言に従えば、敵は進化しているか知らんが、こっちはゴカノアモウだよ」。強面がちんけな喫煙場所で煙草に火を付けた。

「中国人だったら判るだろう、ゴカノアモウ……。なんのための××だったんだ」

××は聞き取れなかった。捜査、努力、要請……解釈はなんとでもできる。

そのあと、ゴカノアモウは「呉下の阿蒙」――昔のままで進歩のない人のこと――と知った。確かに、中国人だったら判っただろう。常日頃から外国人犯罪に翻弄され、その一端をもつかめないことに対する自嘲に似た感傷が、現場の刑事たちにも色濃く立ちこめはじめている。

〝ハム〟

場面は二〇〇九年二月に戻る。ある月刊誌編集部の編集者が、わたしに会いたいという人物がいる——と伝言してきた。

その編集者とは古くからのつきあいで、わたしが週刊誌の記者をしていた頃から、なにかネタがあれば「日下部左門」というペンネームを使って、その月刊誌に寄稿していた。

「公安のおまわりさんだよ。スガワラっていってた。連絡先言ってきたから、会うんだったら電話してよ。これ、携帯だな……」

編集者は電話口で言った。

「なんの件で、そんなこと言ってきたんだ？　ハム（公安刑事のこと。公安の〝公〟の字をばらすとこうなる）がなんの用事だろう」

「前、齊藤さんがうちで書いた記事のことだと言っていたけど」

いつもならすぐに、この手の話は頭の中から押し出してしまうのだが、今回はちょっと引っ掛かった。

公安刑事は、いくつかの分野に分かれている。おおざっぱに言うと、右翼担当、左翼（極左）担当、カルト宗教団体担当、それに外事といって、共産圏諸国（特に北朝鮮）担当、この四つに分かれる。情報を専門とする彼らには、事件が起きた時に現場にいち早く臨場して、現場検証に立ち会う、などという機動性は全くない。対象者の下《もと》に潜り込み、できるだけたくさんの情報を取り込む。時には職業どころか、名前もなにも変えてしまって、別人として対象者の懐深くに潜り込んでしまう。それが公安刑事の捜査の基本である。その活動は、スパイそのものといってもいい。

そんな公安刑事が、どうして、会いたいなどと連絡してきたか？　そもそも、問い合わせをしてきた月刊誌に、公安刑事が興味を持ちそうな記事を書いた覚えはなかった。

このような時は、とりあえず会っておいた方がいい。

編集者から伝えられたナンバーに電話してみた。「スガワラです」という第一声はいやな感じだったが、こちらが編集部紹介の「日下部」であることがわかると、妙に低姿勢になった。そして、「実は折り入ってお話しができたらと思いましてね」ということで、スガワラが指定してきた明後日の午後六時、浅草橋駅の改札口で会うことになった。

二月終わりの午後六時は暗く、人の動きも心なしかせせこましい。ＪＲと地下鉄の改札が交差する場所に、わたしは立っていた。

「やあ」

不意に肩をたたかれた。あわてて振り返った。いつの間にそこに来たのか、ベージュのよれたコートを着た年配の男が、左手はコートのポケットに手を突っ込んだままの姿勢で立っていた。

両耳の後ろに流している髪が白い。背はあまり高くなく、太ってても痩せてもいない。そこらじゅうの中年男性の顔をミキサーにかけて、もう一度作り直したような顔だ。一度見たくらいではとても覚えられない、周囲に溶け込んでしまったような顔。裏街道をひたすら歩く、公安刑事特有の顔。彼らの公務が、そのような顔を作ってしまうのか。

「日下部さん、菅原ですよ」

わたしの顔を知っていたのか——わたしはもちろん、この刑事と会うのは初めてである。

「なんとなく判るもんですね」

菅原と名乗る公安刑事は、ちょっと照れたようにそう言った。

「そこ、ほら、喫茶店に上がる階段が見える。行きましょう」

通りの向こうを指さした先に、コーヒー専門店を示すプレートが掲げられていた。

二人は狭いテーブルを挟んで座り、名刺交換をした。菅原刑事の名刺には、「警視庁公安部外事第二課アジア第三　警部補　菅原××」とあった。わたしがその名刺から視線を外すのを確かめると、「以前は、外事じゃなくて、公安第四課にいたんですがね」と言った。

「公安四課というと、各課の資料やなんかを扱う部署でしたね？」

「よくご存じですね。刑事部の中にはそんなことも知らない奴が多いのですがね。ハハハ」

たまたまわたしの知り合いに、その公安四課の刑事がいたから知っているだけのことだ。

「菅原さん、ところで、わたしのどの記事をお読みいただいたのでしょうか？」

「ああ、そうでしたね、そうでしたね……。ええと、あの月刊『××』の……」

「……」

「なんだったかな……、へへへ……」

「……」

わたしたちはしばらく押し黙ったままだった。わたしはなにか、ジリジリしたものが喉元にこみ上げてきていた。

「そんなことを忘れてしまって、僕をここまで呼び出したんですか」

「どうも年を取ると、物忘れがひどくていけませんね。いや、勘弁して下さい。今、思い出しますから……。ええと、なんだったかな……」

わたしは後悔し始めていた。この刑事に本名を書いた名刺を渡したことである。一人きりで仕事をしているわたしにとって、こんな危険なことはなかった。「日下部」で通しておけばよかったのだ。菅原刑事はさほど慌てた様子も見せずに、思い出すふりをしている。それが申し訳程度のパフォーマンスということは、誰が見てもわかる。

「申し訳ない。僕、これから取材がありますので。いいですか?」

「せっかく、ここまでいらっしゃったんだから、そのコーヒーは飲んでいらっしゃい」

菅原刑事は悪びれもせず、そう言って、ソーサーごとこちらに押し出した。謀られて一服盛られているような気がしてきた。

「本当に、ごめんなさいね……齊藤さん。ただ、こうしてお会いしたんです、これからも宜しく願いますよ」

一杯の熱いコーヒーを飲み干す間、菅原刑事は一気に話し始めた。

「これから外国人犯罪はもっともっと多くなるだろうが、それはなんというかな、さらに密着した形になっていくはずなんですよ、わたしたちの社会にね、わかりますか？　要するにですね、〝外国人の仕業だろう？〟というのが、〝今度はどんなやり方で、どのように絡んでいるのだろう？〟と、こんな具合に見方が変わってくると思うんです。いや、実際、そうなっている。わたしは常にその現場にいるから、よくわかる。あなたは違いますか、齊藤さん。齊藤さんは、それを実際に本人たちから聞いていませんか、肌で実感しているでしょう？」

　コーヒーカップからいったん口を離したわたしは、こう言った。

「そういうことは、大学の社会学の先生にでもお話しするか、あるいはお尋ねになった方がいい。少なくともわたしのような者に話をすることじゃない。時間の無駄だ。僕はこれを飲み干したらここを出ます」

　それでも、菅原刑事は、なにか言おうとしていた。

「菅原さん、僕が書いた記事を思い出した時に、電話ください。その記事にあなたの思い入れがあれば、わたしはお会いします」

　わたしはコーヒーを飲み終え、直ちに席を立った。伝票を探したが、すぐには見当たらなかった。迂闊だが隙ができた。そこを衝くように、菅原刑事は突然言い出した。

「そういえば齊藤さんは、あの世田谷の事件を取材していて、今でも続けているんですってね」

「え？」

「そうでしょう?」

じろりとわたしを睨んだ。

「――」

この刑事は、日下部ではなくわたし自身に用があったのか――わたしは伝票を探すことをやめ、今度は本当に帰り支度を始めた。この目の前の刑事が、外事三課の公安刑事ということをもっと意識しなければならなかった。物腰が柔らかいことですっかり安心してしまっていたのだ。

「いや、そんなに驚かれることはない。当てずっぽかもしれない」

「菅原さん、今日のところはこんなところで。僕、これから取材がありますから」

「ではまた、電話させていただきます」

「ええ。ところで、ここの伝票は?」

「ここはわたしが持ちます、当然です」

そういって、右ポケットから折り畳んだ伝票を見せた。いつの間に取り上げていたのか。

「それでは、ごちそうになりました」

屈辱的な思いだった。

「齊藤さん、無茶は禁物ですよ」

菅原公安刑事は、わたしをじっと見つめてそう言った。

「……」

屈辱は倍加され、わたしは階段を踏み外しそうになった。

菅原はなにもかも知っていて、わたしに近づいていた——そんなことに気付かないで、わたしはご丁寧にあの公安刑事に携帯電話のナンバーから名前までみな晒してしまった。

今のテーマを追いかけているわたしは、あれは一番警戒しなければいけない人種ではなかったか。会う前から感じていたいやな予感らしきものは、このことだったのだ。

わたしを通して彼らを知る、わたしの取材先を洗う——。

ただ、菅原刑事の秘めた意図はそれよりもっと遠いところにあったのだが、そのときはむろん、気付くわけもなかった。わたしはそれ以降、その都度忸怩たる思いを抱きながら、それでもわたしなりの用心のために、菅原刑事としばしば会うことになる。

菅原刑事と会った翌日、八時になるのを待ち、かねてより知っている公安刑事に電話をした。午前午後いずれも八時が警察官の勤務交替時刻である。出番、退け番、いずれにしてもこの時刻がつながりやすい。

「脇田さん、久しぶりですね、齊藤です」

「どんな風の吹き回しかな、なにか教えてくれるのかい？」

「教えてもらうのは、僕のほうですよ」

「おお怖《こわ》。なんだよ」

今から退け（番）だという脇田公安刑事を、わたしは「飯でも」と誘い、虎ノ門交差点まで出てきてもらうことにした。交差点近くにある大きなビルの一階に広い喫茶店がある。
脇田公安刑事は、公安三課（右翼担当）の巡査部長だ。ある右翼団体の会長と面談していると
き、そこに現れた。いかにもという目つきの持ち主で、左頬に抉れたような傷があった。それが
いっそう人相を悪くしている。
わたしはその喫茶店で脇田刑事を待ち、彼の分のモーニングサービスを頼んでおいた。注文が
運ばれて一分ほどして、ガラス張りのドアの向こうに脇田刑事は姿を見せた。脇田刑事は挨拶し
ながらトーストにかじりついた。
「ところで、なんだよ、急に……」
脇田公安刑事は、ボイルドエッグの皮を剥きながら、そのリズムに合わせて途切れ途切れに聞
いてきた。
「外事の二課って、アジア系の犯罪扱うところでしょう？」
「うん、そうだな。……あんたが興味持ってる分野だろ、違ったかな？」
「違うね。それより二課のこと、詳しく教えてくれないか」
「わからん」
「わからんって、同じ公安だろ？」
「同じだろうがなんだろうが、お互いに何をやっているか、本当にわからんのだからしょうがない」
「彼らは、北朝鮮や中国ばかりじゃないんだろ？」

「そうだろうな」

「北東アジアの犯罪者集団なんかは、どうなんだろうね」

「そりゃ含まれるだろ。中心は、諜報だろうがね」

脇田は通り一遍のことを言った。

「どんな組織になってんだろ」

「確か、アジア第一から第三まであったな。そのなかに係が七か八あるんだ（実際は七係）。それ以上はわからんよ。彼奴らが、オレたちが対象にしている右翼のことわからないのと同じだな」

脇田刑事の朝食は、すでにコーヒーに移っていた。警察官の食事の速さにはいつも驚かされる。どの分野の警察官でもそれは一緒である。昼食時の警視庁の一階食堂で見ることのできる回転の速さは、フィルムの早まわしを見ているようで一見の価値がある。

「どういうことだ？　こんな時間になにが聞きたいの、本当のところ」

「その外事二課に、菅原××っていう警部補さんがいるの知ってる？」

「知らんね」

「どういう人か知ってたら、教えて欲しかっただけだ」

脇田刑事はすっかり朝食を食べ終えて、一本目の煙草に火をつけていた。警察官に煙草好きが多いのは、今も以前も変わらない。

「なぜ」

「この間会ったからだ」

「菅原って刑事と？　なんのために」

「特にない。向こうから会おうといってきた。そして会った」

「ふうん、どんなことだったの？」

「それがわからないんだ。なにも言わない」

脇田刑事は露骨に舌打ちした。そして、二本目の煙草に火をつけ、背中を椅子に凭せた。

「まあ、その菅原って警部補のことは、なかでこっそり聞いてみるよ。しかし、なんだろうな……」

脇田刑事は独り言をいった。それを聞いて、わたしはまたいやなものがこみ上げてきた。

その日の夕方、脇田刑事が充分寝足りた声で電話をしてきた。

「いたよ、その人、菅原という刑事だろ。あんたが言った通りだ。それ以上はわからない。まあ、そのうち聞いといてやるよ」

「そのうち」には、はじめから期待していない。実際、「そのうち」はなかった。

ただ、菅原というのが、実際に公安刑事だった、ということだけはわかった。わたしが感じていたいやな気持ちは一向に晴れない。

第5章　宇土市病院長夫人殺害事件

小西行長や佐々成政の居城だったというから、城下町としての歴史は長い。熊本県宇土市は、同県のほぼ中央部にあり、西に有明海を臨む、人口四万足らずの典型的地方都市である。

わたしがここを訪れたのは二〇〇九年三月。その月初めの粟島神社大祭が終わったあとだった。温暖な気候を生かした柑橘系果実の栽培が盛んなこの地でも、三月上旬はやはり寒い。わたしはある事件の取材のため、この季節を選ばざるを得なかった。

宇土市病院長夫人殺害事件――この凄惨極まりない事件が起きたのが、三月だったからである。知らない事件の現場を見に行くのであれば、当然、発生時と同じ時期を選んだ方がいい。戸の立て方とか、走る車のウインドウの状態であるとか、季節が変わればそんな重要な要素も自然と変わってくる。わたしはこの事件に関して、ほとんど知識はなかった。むしろ、未知といってもよかった。だからここに来るのに同じ時期を選んだのだ。蔡が紹介してくれた、名も知れぬ〝地下室の男〟と、その相棒だという、もう一人の中国男から話を聞くまでは、事件そのものすら知らなかったのである。

時代遅れの〝仕事〟

「九州のクマモトというところで起きた事件、齊藤さん、知っている?」

新宿歌舞伎町放火事件の取材で世話になった〝地下室の男〟が、こんなことを言いだした。むろん、蔡を通じてである。以前言っていた淡い約束ともつかないことを、蔡も〝男〟も覚えてくれていたのか。わたしはそのときも、歌舞伎町放火事件をどのように裏付けていけばいいか、霧の晴れぬ頭をしきりに振って思案していた。

その頃、あくまで蔡を通じてだが、男とは以前よりよほど親しくなっていた。ただ、中国人ということだけは知っていても、その男の名前は知らない。いっぽう蔡は、いつの時でもそこに顔を出していた。男は長い間日本にいるようなのだが、日本語はどうにもいけない。蔡がいなければ、わたしは会話に破綻を来たし、たちまち往生してしまうだろう。

ただ、蔡が必ずいるというのも、全面的に歓迎すべきことでもなかった。確かに男が言いたい微妙なニュアンスは蔡が汲み取ってくれるし、彼はいればいるで助かるのだが、それにしてもその用心深さには、感心というよりは少々辟易させられていた。

むろん蔡のほうはまったく違う思惑があったに違いない。すべては算盤勘定なのだ。わたしに対しての人間的な親密など絶対に持っていない。いかにも親切げな情報提供でも、また人の紹介でも、そこには損得勘定あるいは利権が潜んでいる。その琴線に触れないところで、わたしを弄んでいるのだ。

わたしもそれに乗ったふりをしている。表向きはいかにも穏やかだが、水面下では相互の緊張感だけが占めている。緊張の糸が幾重にも張り巡らされて、分厚い壁を造っている。

「熊本？　知ってますよ、もちろん」

「そこで、四年くらい前に殺人事件が起きたこと、知っていますか？」

もう一人の、同道している〝相棒〟は、その一切を蔡の通訳に委ねなければならなかった。なんとももどかしい情報提供ではある。

「知っていますか？」

今度は男が聞いてきた。探るような目つきである。

「覚えていないな。熊本でしょ？　殺人事件……わからない」

「病院の奥さんが被害者だった」

「全然…」。わたしは両手をアップさせ、首を振るしかなかった。

「これ」

蔡が男に目配せして、胸ポケットから一枚の紙を引き出し、わたしの前でそれを広げた。やけに勿体ぶったものだが、それは一枚の新聞記事のコピーだった。

「院長の妻殺される　そばに刃物が　熊本・宇土」

そんな見出しが躍っていた。二〇〇四年三月一四日の新聞のコピーである。

13日午後3時35分ごろ、熊本県宇土市走潟町、「走潟町医院」院長、中津卓郎（たかお）さん（54）方の玄関で、妻で病院手伝いの千鶴子さん（49）が血まみれになってあおむけに倒れているのを、帰宅した中津さんが発見、110番した。県警は殺人事件とみて松橋署に捜査本部を設置した。

調べでは、千鶴子さんは顔に複数の刺し傷があり、そばには凶器とみられる刃物が落ちていた。殺害されたのは、中津さんが家を留守にしていた午後2時～3時半ごろとみられる。2人は同1時まで自宅敷地内の医院で診療していた。子供3人は県外に住んでおり、2人暮らしだった。

（「毎日新聞」熊本版二〇〇四年三月一四日付記事）

その記事を読まされても、わたしは、まったく思い当たるところはなかった。

「この事件は興味ありませんか？」

蔡は、口を尖らせるような変な表情をして、わたしを見た。

「どういう意味で？」

「あなたが興味を持っている角度から……、そんな意味です」

「すると、その角度からの線があるってことですか、この事件に。しかもあんた達は、その線の正体を知っている、そういうこと？」

「どうかな……」

そう言って蔡は、今度は男のほうを見た。男に向かって顎をしゃくり、そのままその顎をわたしの方に振って見せた。わたしになにか言ってやれ、そんな仕草だった。

「興味あるのは、グループのことだろう。もし、この事件に、グループが絡んでいたら？」

「いうまでもない。聞かしてもらう。なにしろ、それが僕の興味ある角度なんだからな」

「齊藤さん、なんとまあ、刑事みたいな言い方だね」

蔡がちょっと呆れたように口を挟んだ。

「グループのことだ。あれは、兜售が掴んできた正規の仕事だ。前に話したな。九州のような遠いところでも、仕事は仕事。グループに要請があれば動く」

男が割り込んできてそう言った。

「ほう、それはどこからの仕事なのか？　見たところ病院だから、新宿歌舞伎町放火事件のように、ヤクザじゃなかろう。そうだろう？」

「それは言えない」

「けど、ハッキリ、グループの仕事というんだな」

「そういうことだ」

「どうして、そんなことを教えてくれるんだね、え？　この間からてんこ盛りの特大サービスだ。腹が一杯になって食いきれないくらいだ」

「もう時代遅れになったからですよ」

蔡が再び口を挟んだ。

「時代遅れ？」

「そう、齊藤さんに恩を売って、それでもこちらにはもう損はない程度の話は、しますよ」

蔡の言うことはなんとなくわかった。

元々、わたしたちには信頼関係などないのだ。だからこちらが飛びつくような話でも、彼らにはある程度話しても、リスクはないようにしているはずだ。大方、実行犯は、他の重大事件のそれと同じように、彼らの言う祖国にでも帰ってしまっているに違いない。それ故、蔡曰く、〝時代遅れ〟であり、だからリスクなどないのであろう。

それでもわたしにとっては、〝時代遅れ〟でもなんでも、すこぶる興味ある情報には違いない。コツコツとウラを取っていく作業を重ねれば、有効な情報なのだ。

わたしは彼らの思惑など意に介さず、とにかく、そんな生《なま》の、かつ貴重な情報を取り続けるしかないのだ。

翻って蔡らはそんな情報をただリスクのないところで流すだけなのか。いやいや、それはまったく違う。わたしから当局の情報を取っていくのを目的としているのだ。

わたしが蔡らから情報を受ける。その情報の性質はともあれ、わたしは当局を中心にその情報の真贋を見極めようとする。ウラを取るのだ。その様子を彼らはじっと見つめている。黙ってわたしの行動を見ている。わたしは知らない間に、まるで二重スパイのようなことを繰り返す。

わたしはとんだ道化者だ。いつも、そして何度でもそう思う。一体誰が、〝釈迦の掌〟で、そのうえで踊り惚ける有象無象なのか。グループか、わたしか、当局か。三つ巴のゲーム――ゲームはゲームでもお互いに命がけである。

「時代遅れかどうかは、わたしが決める。あなたたちはまず、話す」

「話すためにここにいる」

男は眉一つ動かさないで、じっとわたしの目を見ている。

「さっき言ったように依頼者は言えないが、あの事件は、グループにとってかなりありきたりな仕事だった。誰もがやりたがった。誰もが成功させられる仕事だった。それほど難しくないものだったんだ」

「それでどんなグループが引き受けたんだ？」

「シュオシン」（わたしにはそうとしか聞こえない）

「ふん、なるほどね。ピンインだな。そういえばあんた達は、自国の連中に対してはみんなピンインの組み合わせだったな」

「そうだ」

「そうだよね……。ところで、あんたはどんな合わせなんだ？　聞いてなかった」

「わたしには、ない」

「どうしてだ」

「この蔡にもないだろう？」

「蔡さんは名乗っている。あんたは名乗りもしない」

「熊本の事件の話はしなくともいいのか？」

わたしは男の目を見つめたが、なにも読み取れなかった。髪の毛一本ほどの動揺も感じていない。

「続けてくれ」

「熊本に行ったのはシュオシンだが、仕事の依頼はシュオシンが入っているグループが取ったということだ」

「まるで、公共工事の入札のようだな。すると談合なんてものもあるのかな」

わたしは薄く笑った。

「まじめに聞いてくれ」

男は咎めた。

「結局――」

男はそこで言葉を切った。

「結局、仕事はまったく失敗しないで、やり遂げた」

「うん」

「そして――」

また言葉を切った。

「そして、いまだに誰も捕まっちゃいない」

「未解決事件となっているわけだ」

「そういうことだ」

今度は蔡が言葉を添えた。

「この事件は、いまのところ未解決なんだ」

わたしはもう一度、テーブルに放り出されている記事のコピーを手にとって読んでみた。にわかに興味が湧いてきた。

「最初に言ってくれよ、未解決のままだって。こっちはそんなこと知らないんだからさ」

わたしは思わず声を高めた。図々しくなければ踏み込めない。

「あんたが興味を持っている角度だと言ったから、当然そんなこと理解していると思ったよ」

蔡が嘯く。

「まあいい。しかし、熊本とは随分遠いね。あんた達はそれにしても広域なんだなあ」

わたしは感心してそう言った。

「祖国から来たんだ。日本のどこでも遠くはないね」

今度は男が嘯く。

「熊本、か。遠くないわけないじゃねェか……」

わたしは口の中でぼやいた。それは同時に何かの落とし穴に突き落とされたことも含んでのことである。

周到な犯行

路傍の竜田草の花がほころびかけていた。三月の熊本中部は確かに寒くはあったが、それでもそこここに春の兆しは見え隠れしていた。

わたしはまず地元署に行って、事件の有り体を聞くことにした。

「お話しできることはそうたくさんありませんがね、まあ、こっちに入って来《こ》んですか」

熊本県警宇城《うき》署刑事一課の古閑という刑事は、そういってわたしをカウンターのなかに引き入れてくれた。やけに太っていて、外は寒いのに額に汗をかいている。やれ「県警の広報に行ってくれ」だとか「ここでは応えられない」などと通り一遍のことは言わずに、一見《いちげん》のわたしを奥に通してくれるだけ融通が利いていた。これは優秀な刑事に違いない——などと勝手なことを心の中で呟いていた。

「とにかく目撃者がいない、それに尽きるとです」

「これから現場には行ってみますが、犯行時間は白昼ですよね、白昼でも目撃者がいないというのは、寂しいところなんですね」

「寂しくはないが、たまたま目撃者がいなかったんですな。被害者はかなりひどい有様でしたが、意外なことに、犯人の遺留品はたくさんなかったとです」

「犯人の目星というか、そういうのはある程度ついているんですか？」

「いくつかの線を洗っていますが、どうも、どの線もなかなかハッキリせんとです。物盗りから、怨恨から、考えられる限りの線です」

わたしは躊躇したが、やはり言ってみることにした。

「外国人によるもの、などという線は出ていないんですか？　そこに」

「外国人？　どんな外国人ですか」

「どんな、というか、昨今ますます多くなっていますでしょう？　アジア系の外国人による犯罪です。彼らは単独犯というよりも、集団でやる……」

「ああ、そういう外国人ですか……。まったく出てきていない、というわけではないとですが……」

古閑刑事の口が重くなってきた。これ以上踏み込んでも、なにも応えはしないだろう。引き際だ。

「どうして今になってこの事件を調べているんですか？　わざわざ東京方面から来られて、なにかあったんですか」

「やっぱり未解決の重大事件だから、もう一度、自分の手で調べてみようと……」

古閑刑事は〝未解決事件〟と言うと顔を顰め、大きく吐息をしたかと思うと、猪首をぐるぐる回し始めた。おまえごときが余計なことをしなくてもいい、そんな気持ちが態度に表れていた。

「いつかは、未解決のままで終わらせないようにしますよ」

結局、それ以上の手応えはなかった。

わたしは現場に足を運んだ。宇土市の中心から有明海側に向かったところが走潟町というところで、その街のほぼ中心に、現場となった走潟町医院がある。その医院は、かつて内科、胃腸科、外科であり、いまでも自宅と隣接していた。事件以降、医院はその戸を開けていない。病院並びに自宅周辺は畑で、民家もほとんど見当たらない。これではいくら白昼といえども、目撃者がいなかったというのも頷ける話だと思った。

現場脇に立って、凶行についてじっと考える。それは、予期とか予兆などまったく超越したものだったが、ある計画の下に正確に行われたものではないか、その確信がわいてきた。

〝彼ら〟はいつでも、どんなときでも、計画的である。しかも、一見杜撰なように見えて、精緻を極めている。突発に見せながら、実は冷静が隅々まで行き渡っている。まるでオートメーション工場の工員のように、決められたタイムスケジュールを忠実に守り、工程を正確にこなしていく。

世田谷一家殺人事件、豊明一家殺害放火事件、新宿歌舞伎町放火事件、そして宇土市病院長夫人殺害事件――この厳粛なシステムは、時間の経過と共に、さらに磨きがかかってきている。グループの陣容は異なっても、彼らはいつか〝地下室の男〟が言っていたように、進化しているのだ。それは手口に始まって、グループ内の統制、あるいは仕事の獲得方法、さらにはその領域にまで及んでいる。最初の頃は穴だらけの計画も、経験を重ねる毎に綿密になり、また几帳面になっていく。

実行犯と動機の分離、短時間での犯行、犯人にとって致命的と思われるような遺留品でも平気で残していく大胆さ、一切の感情を排除した乾ききったやり口……。すべては水も漏らさない計画の上に成り立っているのだ。参画者も多いが、口と結束の堅さは絶対だ。

これは畢竟、未解決事件を量産していくことになる。「クリミナル・グループ」の進化とでも呼べそうなこの実情は、われわれ市民にとって、見えざる恐怖となって生活の上にのしかかってくる。この実情を妄想とせせら笑っていても、突然、襲いかかられる可能性は誰もがある。

〝地下室の男〟が持っていた新聞記事のコピーを思い起こしてみる。ちょうど、今（取材時）と同じ時期である。目の先にある自宅玄関で凶行は起きた。そのとき、この広い敷地のなかには誰もいなかった。

改めて現場を眺めてみる。正面右手が自宅、奥が医院となっている。自宅玄関の三和土《たたき》に、夫人は鮮血に溺れるようにして倒れていたという。それを発見したのは、医者である夫だった。医者だけに、変わり果てた妻の姿を一目見て、すでに手遅れと判断したという。

時間的間隙も計算にあったのか。凶行はまるで見計らったように、夫人が一人になった二時間半の間に起きている。それだけに、第一発見者である夫、すなわちこの病院の院長が真っ先に事情聴取されている。それは決して第一発見者としての聴取でなかった。被害者が一人になる時間を知っていたのは、夫しかいなかった――。

しかし、これが尾を引いて、事件後五年以上経過した今でも、第一発見者の夫が犯人だ、などと思い込んでいる近隣の住人もいるほどだ。疑われた夫は気の毒としか言いようがないが、もしこれが、彼らが故意に仕向けたことだとすれば、その狡知にさらに舌を巻く。

熊本での情報収集

事件の模様をもう少し捕捉しておかなければならない。わたしは、熊本県警本部に行くことにした。

その後、幾人かに聞かなければならないことがある。むろん、警察官ではない。それは蛇《じゃ》の道を知り尽くした、〝蛇〟たちである。その幾人を誰にするか思いめぐらしながら、宇土駅までぶらぶらと歩き、熊本行きの鈍行に乗った。

「そうですか、もう宇城署には行かれたとですか。こちらにしても宇城署以上にお話しできることはなかとですもんね」

熊本県警捜査第一課の紫垣という部長刑事は、忙しげに廊下に出てきてそう言った。角刈りのよく似合う目の大きな刑事だった。

「まあ、一通り、教えてくれませんか」

「なにがお聞きになりたいとですか？」

「方向性というか、その、今警察では怨恨の線を洗っているのか、あるいは流しの線か、物盗りの線か、まあ、どの辺にウエイトを絞っているのか、そんなところからお聞かせいただければ、誠に嬉しいんですがね……」

自分でも呆れかえるようなくだらない質問だが、今さら事件の概要を聞いても仕方ない。聞きたいことは一点だった。

「全部でごたる」

「ひどいやり方だったそうですね」

「そうね」

「そうするとやはり怨恨じゃないんですか」

「なんともいえないね……。もう、よかと?」

廊下はひっきりなしに人が通っている。こんなくだらないやりとりで往来を妨げるのは申し訳ない。

「犯人が外国人などという線は、出ていませんか?」

「外国人? どういうことね」

「外国人は外国人ですよ」

「どこの外国ね」

「北東アジアとか……」

刑事の眼が止まった。

「あんた、ちょっとこっちこんね」

紫垣刑事は、わたしを廊下の隅に引き寄せた。急に態度を変えてきた。

「あんた、外国人と思うとっと?」

「……」

「なんか聞いとると? その、なんというか取材でさ」

「それほど取材していない」

「じゃ、なんで外国人なんて言うとね」

「……」

「どうにも腑に落ちんことがあるとね」

紫垣刑事は、声を落とした。傍から見ると犯罪者同士がよからぬ相談をしているとしか見えないだろう。

「被害者の首から下ね、まったく傷ひとつなかったとよ。知っとる思うけど、顔は滅茶苦茶だった。死因は失血死だが、その血はみんな顔から流れとるとよ」

「顔から?」

「あんた、そんなやり方でなにか気付かんとね?」

「……」

「そういうんは、あんたが言うアジア系、特に中国人のやり方ですと」

「中国人の？」

「そう、典型的だね」

紫垣刑事は、そう言って頷いた。

「あんた、アジア系って中国人ごたるたい」

「うん……」

「聞かせてくれんね」

わたしは躊躇した。どうすべきか、この刑事にわたしのこれまでの取材経緯を言うか。初対面の刑事である。わたしは県警本部の廊下を忙しげに行き交う人達のいかにも険悪な表情をボンヤリ眺める。それにしても、この目の前の刑事のなんと実直な表情だろう――。

「実はですね、宇土の事件には、こんな風にたどり着いたんですよ……」

わたしは、あらましを話し出した。話している間に、立ち話はテーブルを挟んで座りながら、場所は廊下から職員専用の喫茶ルームへとそれぞれ変わっていた。

それでも、例えば固有名詞であるとか、グループの細かな在り方であるとか、そのようなことは省いた。その点を聞いてくるようなことは、紫垣刑事もしなかった。

「よう分かったたい。偏っとるようにも思えるばいが、なるほどとも思えるとね。ばってん、あんたの言うことがあっとるとすると、具体的な心当たりがあるんね？　いきなりシュオシンなんて言われても、なんもわからんたい」

「そうですね。僕もわかりません、その当人ということになるとね。けど、この情報を発展させていく手がかりは、ないことはないのです」

「それはどぎゃんする？」

「紫垣さん、僕はこの二日間くらい、熊本にいます。その心当たりを当たるつもりです。その間、できたら情報交換してみませんか？　紫垣さんが非番だったら無理だろうけど」

「非番の方がええ。この二日だったら明後日が非番たい。一日つきあえる」

「別に一日じゃなくともいいのです。半日くらいお会いしましょう」

「それにしてもここ熊本で、そんな手掛かりがあるとね？」

「以前、別の取材で何回か熊本には来ています。そのときできたネタ元のところに行ってみようと思っているんです」

「その人らは、そういう外国人犯罪には詳しいのですか？」

「いろんなところに顔の利く人のようです。具体的な名前は、それこそ知らない方がいいんじゃないかな」

「聞いても教えてくれんとでしょう」

「そうですね」

わたしは互いに携帯電話のナンバーを控え、ひとまず紫垣刑事と別れた。

熊本城のたもとに立ってボンヤリと考えていた。熊本市にひとり、八代市にひとり——先ほど紫垣刑事に言った、ネタ元のことである。わたしは一人目のもとに向かって歩き出した。

熊本市内で自分の名前を冠にした事務所を構えている荒尾敬一という人がいる。熊本城前にある熊本市役所から一キロもない、安政町という由緒ありげな町名の真ん中にその事務所はある。その事務所がなにを商売にしているのか、本人が本当はどのような生業なのか、それはまったく判らない。ただ、政治ブローカーのまねごとをしている場面には出くわしたことがある。政治ゴロの類である。ただそれもひとつの顔のようで、多羅尾伴内ではないがいくつもの顔を持っているようだ。ただ、そのどれもが中途半端のようであり、徹底しているようでもあった。よくわからないことには変わりない。

荒尾氏は、きれいとはいえない事務所の真ん中に置いてある大きなスティール机に、横着に両足を乗せていた。相変わらずだった。

「相変わらずですね」

わたしは思ったことをそのまま口に出した。

「いつも突然ですな。こんどはなんですか?」

わたしは事件のこと、これまで取材して得たことなど一通り話してみた。そのうえで、協力してもらいたいと伝えた。

「要は、その外国人犯罪グループの痕跡が、わが熊本にもあったかどうか、それを知りたいというわけですか」

「そうです、荒尾さんは顔が広い。表にも裏にもね。そんなへんてこな連中がうろちょろしていたら、アンテナに引っ掛かってくるでしょう？　その感度のいいアンテナだったら、なにかしらわかるはずだ」

兜售が仕事を引っ張ってくるなどといっていたが、それだけの話ではどうにも納得できない。仕事をするにしても、そこには当然、綿密な情報収集も必要だろうし、なにより仕事の性質を考えると、土地勘は必要不可欠の必須条件であろう。わたしは、東京から遠く離れた熊本には、それらの必須条件を満たすための〝なにか〟がなければならないと想像してみた。もしそんな存在を掴んだら、それはそれで事実の強い補強になる。この積み重ねしか追求の方法がないこともわかっていた。その意味では、よくわからない人物であるが、荒尾氏は熊本において、わたしの知る限り、随一だろう。

「齊藤さんは、いつもろくでもないことを頼みに来るもんね。すぐに協力できるとは限らんとね。随分前じゃなかとね、あの宇土市の事件は……」

嫌味を言いながらも荒尾氏は、わたしの〝ろくでもない〟頼みを、一応、引き受けてくれた。わたしは次の当てを訪ねるため、とりあえず荒尾氏の事務所を後にした。

市電の電停まで走り、熊本駅に向かった。八代に向かう。昨日乗った宇土駅を通り越し、四十分ほどで八代に着く。八代駅前で、目的の人物に電話をかけた。

すぐに会うことのできた東家氏は、相変わらず太っていた。血色もいい。五十代半ばはゆうに過ぎているはずだが、十は若く見える。東家氏は、八代で海洋土木の会社を営んでいる。俗に、埋め立て屋と言われている。山砂や川砂を取ってきては海に放り込む。やがてそこに人口の陸地が出来上がる。そこには工場から宅地から球場までもが建っていく。

その現場には、多くの外国人が働いている。そこは密度の濃い「メルティングポット」である。飛び交う言語もまず片手では収まらない。東家氏はそんな外国人全員の大ボスである。外国人との接点は、表も裏も、西も東も、善も悪も、みなひとまとめに持っている。こういう人種もまた、なかなかいない。わたしにとってはとても重要なネタ元である。

「東家さん、いつも突然で申し訳ないんですが、お力借りたいんです。と言いますのは……」

何時間か前に、荒尾氏に話したことをもう一度ここで繰り返した。

「ふん、ふん」

東家氏は、いちいち頷きながらわたしの言うことを聞いていた。わたしの話をすっかり聞き終わった東家氏は、大きく息を吐くとこう言った。

「まあ、時間のある限り調べてみます。僕はお手伝いすっけん」

わたしは期待した。

得られなかった手応え

「齊藤さん、大方わかったと。やっぱりおったね、熊本にも」

そんな電話を受けたのは、八代から深夜熊本市に戻った翌朝だった。荒尾氏からだった。

「結構前からおったとよ、ここからほんの一、二分のところさ。筋向こうの三年坂通りというところに、外国人が集まる〝巣〟があると。気付かんやった。わしとしたことが……」

荒尾氏の例の事務所で、わたしは話を聞いていた。荒尾氏は巣と言った時、磨りガラスの向こうを顎でしゃくった。

「灯台下暗し、ですね」

「ほんとね。そこはまだ摘発されておらんようだ。なぜ、わしにそこがわかったか。ちょっと前に、(熊本)市内で振り込め詐欺の一味が挙げられた。その一味に、韓国人と中国人が一人ずついた。どちらも不法滞在者だった。その二人は、なんというかな、そう、〝派遣〟だったとよ」

「派遣?」

「そうさ、派遣。今どきっさね。振り込み詐欺の一味は、日本人が中心で、暴力団も入っとったんです。その一味に、その韓国人と中国人が派遣されとっと。面白い話とね」

「誰がどうやって派遣したんですか」

「それよ。その派遣元が、今言うた三年坂の巣よ。そこは、不法滞在外国人の危ない仕事限定の派遣元たい。どんな営業しとるかしらんとが、すごいもんですね。わしはこれを知り合いのバーのマスターから聞いたとよ。そのマスターは事情通です。これに間違いなか。あんたの知りたいことはこれやろ？　不良外国人の派遣元よ、ハハハ。この巣は、あんたが言っていた宇土市の事件の時にはもうあったとよ。マスターは、巣ができてから五年以上は経っとる、言うとったもんね……」

荒尾氏は半ば感心するように言った。

「そこまでわかっているのに、警察はまだそこの派遣元を洗っていないんですね」

「まあ、難しかやろ」

荒尾氏はそう言って鼻を鳴らす。わたしも難しかろうと思った。

「このことを目と鼻の先にいながら気付かなかったわしが節穴やったと……。ふん」

不良外国人の危ない〝仕事〟の〝派遣元〟――まさしく〝グループ〟そのものではないか。これが犯罪専門ならば、「クリミナル・グループ」そのものである。ここ熊本の繁華街にも、すでに彼らは深く深く潜行していた。

「日本人中心の振り込め詐欺の一味に派遣を出していたというのはいかにもだけれど、肝心の宇土市の事件に、果たしてその三年坂のグループから派遣は出たのかな」

「それは、今となってはわからないね。これ以上は深入りできんと」

それでもわたしは、派遣はあったと思っていた。不法入国中国人シュオシンは、派遣元を経由して、宇土市の現場に行ったのだろう。

「三年坂通りの巣を見たいな」

「あんたがそういう思うたよ。マスターから聞いとっとよ」

相も変わらず、フロアの真ん中に鎮座する大きなデスクに両足を載せただらしない格好のまま、荒尾氏は答えた。そしてその姿勢のまま、そこらにあった紙を裏返し、鉛筆でそれに数本の線を引き、あるところに×印を書き込んだ。

「これがそこの通りね、そしてこれが角の花屋と……」

こんな無造作な案内で事足りるほど、巣はこの事務所から近いところにあるのだ。わたしは暗号文のような紙片を握りしめて、ひとりでその場所に行った。

古びた商店街のなかのシャッターが閉まっているしもた屋の二階が、巣だという。その時間、そこには人の気配はなかった。ほかの商店にはちゃんと朝陽が当たっているのだが、なぜかそこだけまるで当たってないように、建物全体が黒ずんで見えた。二階の暗さは言うまでもなく、一階の全部を覆っているシャッターももう何年も前から開けられずにそのまま錆びついてしまったようになっている。

「すみません、そこの二階には誰かいらっしゃるんですか?」

通りがかりの中年女性に聞いてみた。

「知らんね。おらんとよ」。その女性は素っ気なく答えた。

どこからその二階に入るのか、どこが上り口なのか、それもわからない。

わたしは手も足も出せないまま、とりあえず立ち去ることにした。

「ほう、そうね、やっぱり、その線は本格的に洗ってみんといかんごたるね」

荒尾氏の事務所には戻らず、外から電話して礼を言い、続けて熊本県警捜査一課の紫垣刑事に電話をした。

「今、（県警本部に）おっと」。紫垣刑事は、待ってくれていた。

荒尾氏から得た情報を小出しにして聞かせた。紫垣刑事は興味を示したようだったが、

「ただ、もっともっと情報が欲しいところたいね。それでなくては動けんね」

などと慎重な言い方をしたりした。

わたしにとっては、そのようなことはどうでもいい。警察の動きなど、実はなんの興味もない。彼らは彼らの方針で、事件と対峙すればいい。ただわたしは、警察が持っている情報は欲しかった。そのすべてなど要らない。自分が得た情報を、警察のそれが補完できるものでありさえすればいいのである。

わたしは、自分が取材で得た情報で組み立てられた結論、あるいは考えしか信じない。

警察取材でなにもかも得られるなどとは、最初から、爪から先ほども思っていない。わたしは警察取材記者、あるいは今風の言葉でいえば警察番記者ではない。自分のために、情報を警察のなかに探しているだけだ。

ただ警察の情報は、こちらがなにかを提供しなければ出て来ないという、どうにも面倒な仕組みになっている。決して、「教えて欲しい」などという物欲しげな顔をぶら下げていって得られるものではないのだ。

紫垣刑事は今のところ、わたしの考えを補完するような情報は提供してくれてはいない。それでもいつかは、そんな場面が来るだろうと思い、わたしは漫然と話をしていた。

この事件でも、そのときわたしのなかで明確になったのは、やっぱり実行犯だけなのだ。実行犯が宇土市に行くまでのプロセスが一部わかった、それだけのことに過ぎない。どんなに気負ってみても、事件の全容などその数%も判っちゃいない。それを補完する材料すら、ここ警察からも、どこからも出て来ない。

わたしはなんのために、熊本くんだりまで来たのだ。朝陽の当たらないしもた屋を見るためだけだったのか。

誰がグループに仕事を依頼したのか、なぜ宇土市の病院長夫人が狙われなければならなかったのか。分厚い壁の向こうにある真相に迫らなければ、意味はない。

考えてみれば、どの事件もそうではないか。真相に迫っているなど、とんだ了見違いだ——紫垣刑事と話していても、いつもこんな思いが頭の中に一点のシミとなって落ちてくる。そのシミは、当然のように、イライラを募らせる。

わたしは帰京した。

この事件には、驚きの後日談がある。

事件発生から七年後、唐突に犯人は逮捕され、その一年半後には上告棄却、死刑が確定（二〇一二年九月一〇日）していたのである。犯人は別の殺人事件（二〇一一年二月二三日、熊本市で発生）で逮捕起訴されていたが、警察の追及で本件についても自供したという。犯人は、日本人・田尻賢一（四一歳、無職）だが、このような重大極まる事態が、地元でもほとんど報道されず、そのため知っている人もわずかというから、これには驚きを禁じ得ない。

宇土の事件は、二〇一一年二月の熊本の事件と併合された公判となった。一審は裁判員裁判だったが、初公判から判決まで六回の公判でわずか二週間。うち、宇土事件についての証拠調べはほとんど行われていない。再逮捕時は、熊本の事件ですでに送検されていたが、熊本東署（熊本事件の所轄）から宇城署に移送された時も二日（！）で起訴となった。

二〇一四年の年明けすぐ、本書校正の真っ最中に、熊本県警の紫垣刑事から、実に五年ぶりの電話をもらった。

「あんた、知っとるばい、田尻の死刑、恐らく今年中には執行されると」

「え？　田尻？　誰のことですか？」

「なに言っとっと！　事件の犯人やがね、宇土の」

「――」

突然、目の前に石が飛んできたように感じ、暫時、言葉を失った。

紫垣刑事は五年前、わたしが伝えた荒尾氏から得た情報のうち、〝三年坂のしもた屋〟に注目し、以来ずっとあの家を張っていたのだそうだ。そして、あの家が確かに外国人犯罪グループの根城であり、文字通り、司令塔となっていたことを突き止めた。たとえば、二〇〇九年一一月（わたしの取材は三月だった）、熊本県鹿本郡植木町（現在は熊本市北区）で発生した農家夫婦殺害事件の犯人で、中国人研修生の王宝泉（当時二二歳、犯行後自殺）などは、来日するや否や、しもた屋に出入りし始めたそうだ。

そして、二〇〇四年三月頃、〝三年坂のしもた屋〟に田尻が出入りしていたことを紫垣刑事はつかんでいる。そのきっかけは、二〇一一年の田尻による熊本の殺人事件だった。紫垣刑事は、熊本事件が宇土の事件とまったく同じ手口（被害者の顔や頭を凶器で何度も襲う、嘘をついて誘い出す）であることに気付いた。その発見を上申し、田尻本人を尋問したところ、本人はあっさり犯行を認めたのだ。たとえば、宇土では「ぜんそくの発作が出たので吸入器をくれ！」、熊本では「車を塀にぶつけてしまった」と言って家に押し込む。まるで同じ手口なのである。

熊本事件発生から宇土事件での再逮捕まで、わずか一ヶ月しか経っていない。電光石火としかいいようがない見事な展開である。しもた屋監視から得た、大変重大なインスピレーションが田尻の再逮捕につながり、七年もの間、凍結《コールドケース》していた事件だったものをものの数時間で溶解させてしまった。

紫垣刑事は、二年余の〝しもた屋〟の監視から、次のような非常に重要なファクトを手に入れている。

①田尻は中国人犯罪グループ（シュオシン率いるグループ）の指令を受けていた。

②しもた屋で宇土の走潟町病院を狙うことを指示される。中国人からの指示では、夫人だけでなく院長つまり夫も殺害することになっていた。

③侵入の手口は凶器の購入からはじまって、微を穿ち細に渡って指示され、練習までさせられていた。

実はこれらのファクトすべてを、田尻は取調べで認めている。いや、警察がこれらファクトをきちんと提示したからこそ、田尻は七年も前の大罪を抵抗なく認めたのである。

この犯罪の目的はむろん、カネだった。外国人犯罪のまさしく王道である。田尻が得た戦利品も、指示したグループがその何割かを掠めることとなっていたはずである。当時、カネにつまっていた田尻は、ギャンブル場で知り合った中国人の誘導で、外国人犯罪の下手人となる。何割かを掠め取られてでも、下手人になり下がる方を選んだのだ。

しかし、犯罪はほぼ忠実にやり遂げた。だからこその七年もの間、未解決となったのだ。大胆にして細心。蔡曰く「時代遅れの犯罪」であり、地下室の男曰く「きちんとした仕事」だったという宇土病院長夫人殺害事件は、グループが日本人にさせた、惨め極まりない事件だったのである。

宇土事件から七年後、田尻は再び、しもた屋を訪ねている。零落したこの日本人犯罪者は、恥も外聞もなく、あの家にいる異邦人から〝カネのネタ〟をもらいに行ったのだ。とはいえ、二匹目の泥鰌を無知な下手人に与えるようなヘマをあのグループがするはずはない。複数の犯罪《ヤマ》を狭い範囲ですることほど愚かなことはない。グループはその時すでに、犯罪の形態をすっかりと変えていた（振り込め詐欺から偽装質屋）。

だが田尻は食い下がった。しもた屋に集う中国人の一人をなんとか説得し、ネタを引きずり出させた。しかしそれは、あくまで七年前の模倣に過ぎず、事件発生から三日後に田尻はあえなく逮捕された。

つまりグループの中に、掟破りが出たわけだ。その事態を最も警戒する彼らが、それをそのままにしておくわけはない。掟破りは、犯罪者グループからも締め出しを食うこととなる。異国の異端のグループにもいられなくなった者は、もうあとがない。

「去年（二〇一三年）、広島（江田島市）で、中国人研修生が八人殺傷した事件（同年三月一四日発生）があったとやろ、そう、養殖業者やったね、牡蠣の。あそこは結構前から、中国人留学生なんかの溜まり場ごたるね。その田尻にウラで指示出そうとした男は、そこに流れていったたいね。結局、そこだって長くおられんとから、結局ば、一週間足らずでどこかへ行ってしもうたとよ。そのあと行路死亡者となって、広島県警が処理したたいね」

紫垣刑事は吐き出すようにそういった。最後に、

「あんたから、宇土の事件は外国人が犯罪者がやったもんじゃなかとね？　と言われ、あの外国

人の巣ば教えてもろうといて、本当によかったばい。その点は感謝すると。あそこに集うグループもほぼ摘発したとよ。あいつらは、〝偽装質屋〟いう新手の高利貸しをやっとったばってん、おかげさまでゴッソリいただいたばいね」

熊本の取材が無為に終わったと感じ、帰京の際、気持ちが虚ろになったりもしたが、刑事のそんな言葉で、初めて溜飲が下がったように感じた。薄気味悪い〝地下室の男〟の話から、外国人犯罪グループの実態が初めて浮き彫りになった。念願の実証がなされたわけだ。

田尻は今、福岡拘置所に収監されている。紫垣刑事の言うとおりであれば、長くてもあと一年の命ということになる。

第6章　玉突きの日々

二〇〇九年の取材当時に遡る。

八代の東家氏から携帯電話に連絡があったのは、わたしが熊本から羽田に着いた翌日朝だった。

「もう、東京に帰ったと？　なに、もう一回くらい飲もう思うとったのに、残念」

「すいません、本当に。急に帰らなくてはいけない用事ができましたので。挨拶もせずに」

「気にせんでもいいと。それより、やっぱり、おかしな連中は入り込んどっといね」

「東家さんのところにも、ですか」

「そうと。なんか、犯罪専門の集団やそうね」

「もちろん、外国人でしょ？　そいつらは、なに人なんですか？　その犯罪専門の集団というのは」

「あんたが言っとった中国人、韓国人が中心で、フィリピンやそこいらのアジア系です」

「なるほど……。その集団が、東家さんの現場に入り込んでいた、というわけですか？」

「そうとね。ちょっと気いつかんやったと。これは残念では済まんとね」

現場には厳しいことで知られているという東家氏の目をかいくぐって、彼らは入り込んでいたのだ。

「東家さん、その集団が入り込んでいたこと、なぜわかったんです？」

「いや、なんともお恥ずかしいことですが、あんたから言われて、調べ直してみたとよ。随分前にまで遡ってさ。そうしたら五年前に、イレギュラーで臨時に来よったグループがあったと。それがその後、久留米に行って、集団で強盗働いとっとよ。そんとき久留米署の警察官が言うには、そいつらは〝組織的な外国人犯罪集団〟ということなんです。ちょっと前から九州にも入り込んできて、いろんな悪さをすると。まあ、ワシ、全然しらんかった。当時、そのことで久留米署がうちに事情聞きに来たそうです。『こちら（東家氏の会社）でも被害はなかったですか』と専務は、そんなことまで聞かれとったとよ。そのときワシが対応しとったらよかったが、うちの専務が答えたんです。またそれを専務が言わんやったと。だからわしはしらんかったとよ。それ、昨日わかりました。専務にはきつく怒りました。報告義務違反やぞ、と。まったくお恥ずかしいことです。面目ない……」

東家氏は電話口で本当に済まなそうな声を出した。〝肥後もっこす〟も形無しといった体である。

「東家さん、そんなに恐縮しないでください。それと、専務さんにもそんなに怒らないでくださいね。もう五年前のことですから。本人も忘れていたでしょう？　それを今なってどやされたんじゃ、かなわないでしょう」

「うん、でもね……」

「それ以降は、そんな集団は入り込んできていないんですか？」

「来とらんと。もし来たら、すぐに束にして縛りあげっとよ」

「そのときは、警察を呼ぶ前にわたしを呼んでくださいね。すぐに飛んでいきます。そいつらから直接聞きたいことがあるんだ」

「ハハハ、もちろん呼ぶとよ、約束します」

最後はいつもの明るい声になっていた。

犯罪専門の外国人集団。中国人や韓国人が中心、そのほかはアジア系。五年前、九州にも入り込んできた――。取材でつかんだものは間違ってはいなかったのだ。

わたしは、東家氏の電話で飛び出してきた気になる言葉を霞のかかった頭で反芻していた。

その後すぐにわたしは、あの〝地下室の男〟に会いに行った。珍しく蔡から電話があったからだった。わたしも一応、彼らに報告しておいてやろう、と思っていた矢先でもあった。熊本の事件のネタ元は彼らである。ただ、こんなとき、蔡の方からわたしに報告して欲しいという誘い水をかけてくることは、これまでに一度もなかった。

「熊本では成果がありましたか？　あなたが執着しているグループのこと、ウラが取れましたか？」

これまでそうしてきたように蔡の部屋に行った。蔡は早速、ニヤニヤ笑いながらそう聞いてきた。

「特にあったわけじゃないけれど――。蔡さん、あんたもっといろんなこと知っているんじゃないのかな。教えて欲しいところだね」

「知らない、知らない」

首を振りながら軽い調子で言うが、こんな言い方がこちらの神経を逆なでする。この男が知らないはずはないのだ。いかにも親切を装って、ちょっとばかりさわりを見せ聞かせ、あとは知らない、と体をかわす。こんなやり方をされる側としては、いつになっても慣れることはない。毎回、翻弄されているようだ。実際そうなのだ。ずっとあとになって、見事などんでん返しをくらわされることになる。

そんな蔡の対極には、わたしがくわえ込んだ情報を、さらに利用しようとしている警察がいる。蔡たちはその警察の動きを、わたしを透かして見ようとしている。

例えばビリヤードのようなものである。彼らは、わたしという白かあるいは黄色の手玉をキューで撞き、ローボールにぶち当て、それらをサイドポケットに放り込む。わたしはいいように撞き続けられる。プレイヤーは中国人か韓国人か、もっとほかのアジア系人種か。あるいは、警察か。公的な諜報活動機関か。そのどれをとってもボールの撞き方は大差ない。自分の思惑を達成させるためには、どのような手も使う。信頼も感情もへったくれもない。疲弊した白か黄色の手玉は、やがて撞かれることなどなくなってしまう。

無情な話だ。

まだ撞き続けられているうちはいい。それは、わたしがまだ〝事実〟を追いかけているということの反証だからである。だからわたしは、その最中は蔡の話し方を我慢する。時々、怒鳴りたくなるのを堪えるのだ。

しかし、わたしのこんな見立ては、まったく見当違いだったことがのちにわかった。そんなに遠くない時期である。現実は、そんなに甘ったれたものではなかった——わたしはそれをやがて思い知らされる。

「わたしの言った通りだったろう?」

長くなった無精ひげがいかにも汚い。〝地下室の男〟は、顎を突き出して自信ありげに言った。いつものように蔡が通訳しながらだったが、わたしは蔡の通訳がなくとも、なんとなくニュアンスは捉えるようにはなってきていた。

「どうかな。結局なにも判らなかったよ」

「あんたの調査不足じゃない?」

「違うね」

わたしは怒りを抑えながらそう言った。だいいち、男の態度が気にくわない。

「自分の言ったことが、全然違ったのか?」

「全然ではない」

「ならば、よかったじゃないか」

「よかないよ」

「……」

男は黙ってしまった。わたしの顔をじっと見ている。ただ、悪びれた様子など塵ほどもない。

「事件を警察はどう見ていた？」

このあたりが、この男の一番聞きたいところだろう。珍しく自分達から連絡してきたのも、ここにその理由があるに違いない。

「どうってことはないね」

無性に腹が立ってきていた。自分がいいように撞かれているからか、目の前の異邦人のたちの真の意図がわからないからか。この苛立ちを止めるには、ひとつしか方法はない。なにもいわずに、この鬱陶しい場所から立ち去ることだ。

わたしは黙って席を立ち、ドアに向かう。

いつもならば、「では、また」などとアッサリと言う蔡が、珍しくこう言った。

「齊藤さん、熊本の事件では、警察はなにを言ってましたか？」

わたしは意外な思いで、蔡を眺め直した。

「なにも言ってなかった。さっきこっちに言ったばかりだ」

わたしはそう言って、男の方を顎でしゃくった。

「いや、自分が言っているのは……。地元の警察はいいけど、東京のつまり、ケイシチョウはなにか動きはありませんでしたか？」

「え？」

わたしはなにを言われているかよくわからなかった。しかし、直感が訴えていた。落とし穴に突き落とされかけていることを。

「熊本の事件で？」

「そうです」

「どうして警視庁が動くの？」

「……」

「蔡さん、どういうこと？」

「……」

「教えてよ、なぜ、熊本の事件で警視庁が動くのか」

「いや、動いていないのなら、いいのです」

蔡は、狼狽えたようにそう言った。

わたしは不思議でたまらなかった。しかし、その不思議をここで蔡に聞いたところで、固く噤んだ口からはもうなにも出ないことを知っていた。

蔡がわたしのためにドアを開けてくれた。いつもの〝ゴー・ホーム〟の時間らしい。

つのる苛立ち

通りに出て新宿駅に向かって歩き始めたが、先ほどからの苛立ちは収まらず、それに加え、蔡からの意表を突かれた疑問が覆い被さり、気付いてみると花園神社裏あたりの妙な小道を歩いていた。

ケイシチョウ、ケイシチョウ……くだらない単語が頭の中で律動する。

「齊藤さん」

不意に肩をたたかれた。ギョッとして振り向くと、警視庁の菅原公安刑事がポケットに手を突っ込んだまま、ひとりで立っていた。

「――」

私はとっさのことで言葉が出なかった。

「取材ですか?」

菅原刑事は言った。

「ええ」

菅原刑事の周りを見回す。刑事は二人で動くことが多い。しかし、菅原刑事は一人きりだった。

初めて会ったときも一人だった。

わたしは、ようやく自分を取り戻しそうになったが、そのときはもう、菅原刑事はこんなことを言いながら、きびすを返そうとしていた。

「大変ですね、取材も。では……」

刑事は頼りなさそうな背中を見せて、明治通りの方に歩いて行った。わたしは小道の真ん中でその姿をボンヤリ見送っていた。

菅原公安刑事に対する、容易に消えない何とも言えない嫌な兆し——そのときもわたしは、まとわりついたものを振り払いたいような気持ちになった。

その後、しばらく無沙汰を重ねていた星山を訪ねた。鄭にも会いたかったし、韓国系のグループの動向も知りたかった。こちらの方はわたしから会いに行った。ここ一年あまりでわたしの頭の中と取材メモに入ってきた情報を、もう一度確認しておきたかった。こういうものは何度でも確認しなければならない。

わたしだって手段を選ばず、手当たり次第ウラの取れるところは取り、そのうえでまた新しい情報が出てこればそれを喰う。またウラを取る。その繰り返しだ。星山たちにしても、彼らは韓国人だが、中国人の蔡などと同じように、わたしを利用していることは承知している。

また、彼らのなかでも様々な葛藤《コンフリクト》があり、素粒子のように絶えず動き回り、ぶつかり合い、ときにははみ出してしまうような、いかにも愚かな動物的動きをしている分子がいることも判っていた。その追突が常に危険を孕んでいることも、知らないではなかった。

それでもわたしは、これまで続けてきた「クリミナル・グループ」の追及を止めるわけにはいかなかった。

彼らに利用されながら、彼らの動きを知り、彼らがやったことをつかむ。彼らはここ日本で、母国でもない日本で、一体なにをしているのか。なんの目的で、誰の指示で、なぜこんなグループができたのか――。

この命題を解く鍵は――。

わたしは勝手に答える。カネだろう。

二も三もカネだ。現場でつかみとるカネも、報酬で得るカネも、すべてカネである。

わたしは際限なく自問自答を繰り返していた。各事件の実行犯はわかったとしても、その真相がわからない。なにひとつ、明らかになっていないじゃないか――わたしはこの時も、蔡たちに対して感じたような苛立ちが渦巻いていた。

星山たちに会っても、苛立ちは消えるどころか増長されるに違いない。それがわかっていても、やはり、会わずにはいられなかった。反面、なにかまた新しいことがわかるかもしれない――こんなさもしいことを考えたりもするのだ。

しかし、星山らのグループに対しても、わたしは大きな思い違いをしていたのである。その思い違いにも、また、そう遠くない時期に知らしめられることになる。

「なにがいいかね?」

婆さんは相変わらず、愛想もクソもなく注文を取る。わたしは婆さんの方は見ないで、鄭が飲んでいる例の白濁した酒が飲みたい、と言った。

「ところで、またなにか、あんたたちの関係で新しい動きでもありませんかね、星山さん」

「ないね」

星山がなんともそっけなく言った。鄭は例によって盛んに頬張っている。こういう手合いを健啖家というのだろうか。否、悪食だ。

「それよりあんた、ケーサツなんかは、どんな動きしているんだ？　あんたは、自分達の話を聞いて名古屋に行ったりしたってな。あんたがなにをつかんでも、なにを仕入れてもいいが、そんなときもケーサツには会ったり、話したりしているはずだよな。彼奴らはなんか動きがあるのか？」

星山が言わんとしているのは、自分達の存在をわたしが警察に言う、いわば告げ口のことか。〝チンコロ〟ってやつだ。

それならば気にする必要はない。そんなことはこれまでにもしたことがないし、これからもするつもりはない。警察にとっては容疑者の一味だが、わたしにとっては当面の重要なネタ元である。わたしの取材を満足させるためには、星山らを司直の手に委ねることはない。

わたしがそのことを言うと、星山は首を振った。

「そうじゃない、そんなことは心配していない。どうでもいいことだ。あんたがケーサツに言うことがどうでもいいというのはよくわかっている。そうじゃないんだ。ケーサツはどんな動きや見方をしていたのか、ということを聞きたいのだ。事件に対してだ」

星山は突然、性急な話し方をし出した。わたしはその変化に戸惑った。

「名古屋のケーサツだけではない。ケイシチョウはどんな感じだ？」

「警視庁？」

改めて星山の顔を見直した。

「星山さんが言うのは、この間詳しく教えてくれた、安が実行犯の豊明の殺人放火事件のことだろ？　それでどうして、警視庁が関係してくるんだ。関係ないだろ」

「関係なくはない」

「どうして？」

「なくはないんだ、なくは……」

「だからなぜ」

その先、星山は頑なだった。それについてなにも答えなくなった。

鄭は、相変わらず料理を口に放り込んでいたが、婆さんは、ひとつ向こうのテーブルに座ってじっとこちらを上目遣いで見ていた。相変わらずこの小汚い韓国料理屋には客がいない。厨房の奥で先ほどまでしていた調理の音は、そのとき止んでいた。あの背の高い旦那は暗い厨房でなにをしているのか。

「どうしてです、星山さん。警視庁が動くはずないだろ、あの事件で。神奈川県警だったらいざ知らず。ここは神奈川県で星山さんだって、神奈川で会社をやっている」

「動きがなかったのなら、それでいい」

「よくないな、なぜ警視庁のことをあんたが聞くのか、それをオレが尋ねている」

「……」

例によってその店の勘定はわたしが済ませた。

警視庁、警視庁……わたしはまた、念仏みたいに口の中で唱えていた。確か中国人の蔡の部屋から出たときも、こんな厄介な疾病に罹っていた。なんとも面白くないわだかまりだけが頭に沈澱していた。

帰り道、国道一六号線を東に越え鶴川を過ぎたところで、給油のレッドランプが点いた。セルフサービスのガソリンスタンドに車を入れた。

外は薄ら寒かった。給油をし終わって支払いを済ませたところで、突然、声を掛けられた。

「齊藤さん」

思いも寄らぬことに、一瞬身体が飛び上がったかと思われた。菅原公安刑事だった。

「これは妙なところでお会いしましたな。お互いに引かれあっているのかね、いやだな、気色悪い……」

愚にもつかぬ冗談をいいながら、こちらに近づいてきた。妙な笑いを浮かべていた。正面に立ってまぶしそうな眼をしてわたしを見る。

わたしは馬鹿みたいに口を開けて突っ立っていたはずだ。

「車で取材ですか？」

「――」

この前、新宿で会ったときと同じように、わたしはまた言葉を失ってしまっていた。

「いろんな方面に行くんですね。神出鬼没ですな」

「あんたは……」

オレをつけまわしているのか――そんな言葉をグッと呑み込んだ。そんなことを言ったとしても、とぼけられるだけだろう。周りは出入りの車で騒がしい。

「あれ？　このあたりは神奈川県じゃなかったかな……」

ようやく突破口を見つけたように思った。

「違うね、ここは町田ですよ。町田は都下です。神奈川県警の管轄じゃありませんよ」

わたしはこの刑事が乗ってきたと思われる車を目で探した。二つほど向こう側のレーンに停めてある白っぽいセダンが見えた。わたしの視線に気付いた菅原刑事はすかさず、

「あのボロがわたしの車でね、わたしのようなのは、ああして自家用車を使うこともあるんですよ」

わたしはその車のナンバーを読み取ろうとした。ところが、オイルカウンターが邪魔をして見

えない。車に興味のないわたしは、車種すらわからなかった。

「いま職務中ですか？」

「もちろんそうです。そうでなければあなた、こんな格好しやしませんよ」

お世辞にも高価とはいえないようなスーツに沈んだ緑のスプリングコートである。なんとかナンバーを見ようとしたが、菅原刑事が立ち塞がるような形になって、さらに見えなくなった。

「このあたりになんの捜査ですか、なんて、そんな野暮なことはお聞きしませんよ」

時間稼ぎのために、こんなつまらないことまで言わねばならなかった。そんなことをしても死角になっているナンバープレートは見えない。

「そうですね。ぼくの方もあんたがどこでどんな取材をしていたか、お聞きしませんがね……」

「お互い様ですね」

これ以上、ここで立ち話するのは限界だ。給油のために何台かの車が行列までつくりだしている。根比べはいつだってわたしの得意とするところではなかった。文句を言いたげに車のなかからわたしたちを睨みつけるドライバーの眼に抗いきれない。わたしは意気地なく、先に車に戻らねばならなかった。

「じゃあ、お先に」

「またお会いしましょう」

菅原刑事は、そこに立ちつくしたままそう言った。眉ひとつ動かさない。そして、わたしがガソリンスタンドから出て行くのを、その姿勢のままじっと見つめていた。

ついていないことに、帰りは菅原刑事の車の前を通らずに街道に出て行かねばならなくなっていた。スタンド内の逆行はできない
舌打ちをして街道に車を出した。バックミラーのなかの菅原刑事は、まだ同じところに突っ立っていた。わたしの車のナンバーを覚えるのには充分過ぎる時間があっただろう。

菅原公安刑事とはそれからも、二、三回は会っている。〝偶然〟に出会うということはなく、約束してから会っていた。

会いたい、というのは、いつも菅原刑事の方だった。わたしは正直なところ、この刑事とは極力、会いたくなかった。しかし、この刑事の申し出には、抵抗できない〝押し〟があった。静かではあるが、圧迫が背後に控えていた。この圧倒に、わたしはなんとなく屈してしまっていた。わたしの方も、この刑事がなにをどのように企んでいるのかを、引き出したかったのかもしれない。会ったところで、特別な話題はなかった。なんとない会話を交わす物憂い時間を共有するだけだった。

わたしはこの刑事になにを見ていたのか。やがて、そのことがわかるときが来る。

タレコミ

その間にも、グループの動きには絶えずアンテナを張っていた。

韓国人を中心とするグループから外れた連中が走りこんでいく犯罪があるという。グループにとって、それはもうなんの関係も持たない連中のことだから、口は滑らかになる。その犯罪とは、ほとんどが女性専門である。暴行殺人、強姦殺人、そんなところだ。鄭や星山、あるときは鄭が連れてきたまったく日本語を話すことのできない不法入国の韓国人などから、そんな事件の数々を聞いた。

いつだったか、中国人の〝地下室の男〟や蔡が連れてきた見知らぬ中国人がいたが、その不法入国の韓国人も同じようなイメージだった。こんな得体の知れない〝BAD COMPANY〟はいくらでもいるのだろう。

彼らが挙げた事件のなかには、わたしが知っているものも、また大きく騒がれた事件も入っていた。ただ、多くは未解決である。一方、解決した事件については、あとから調べてみたところ、彼らが言った内容には確かに同胞にしか判らないような細かい点が数多く含まれていた。

むろん犯人の名も正確だった。後から新聞やテレビを見て事件を知った、というような付け焼き刃なところは一切なかった。媒体を通じて間接的に知った上で知ったかぶって話すのとは、臨場感や迫力がまったく違う。

同時に、事件は解決したが、それがどのように起こされたか、どのような犯人の心の動きや情報の動きがあったか、そのあたりの詳細部分について、警察の捜査はまったく踏み込んでいないことが多かった。なかには、犯人こそ間違いなかったが、その手口などに決定的な事実との相違があるものもあった。

これは何も今に始まったことなんかじゃなく、これまでにも何度も繰り返されていることだったろう。それにしてもその落差は度し難い。わたしにとって事件そのものこそ興味はなかったが、その〝落差〟にはおおいに関心をそそられた。

わたしが、グループ側に入り込んで取材を続けたい、続けなければならないと思わせたのには、まさにこの〝落差〟にあった。事件取材を警察側にしか委ねないケースは多く、それが事件取材だと勘違いしている者が多いが、結局それは二次情報であるばかりでなく、とんだ間違いを産んでしまう。それで事実をつかんだと思っているのは片腹痛い。

わたしははじめからグループの動向だけに取材の焦点を絞っている。グループを外れた連中の起こした事件についてはすべて、得た情報を知り合いの警察官に話すことにした。そのあとは、そいつの判断にまかせる。

なかには未解決になっている事件もあったため、知り合いの警視庁捜査一課強行犯捜査二係（この係は迷宮入りと目されている事件の捜査をしている）にいる、南村という主任刑事にタレコんでやった。

公安刑事と違って、刑事部の刑事の方はまだわかりやすく単純である。会って話していても気が重くならない。

東京會舘の平日の午後は、いつものように閑散としていた。渋沢栄一が創りあげたというこの高級集会所は、それから百数十年経った今でも、庶民的ではない。わたしはここで、南村刑事に会っていた。

　わたしは韓国人が中心になっているグループと、そこから外れた連中の話をし、彼らが何をしたかを、具体的な事件名を挙げながら詳しく話した。その間、南村刑事は、「ふん、ふん」などと言いながら、銀色のシャープペンでB５判のノートにいちいちわたしの言うことを書きつけていた。

「そうか……。あんたは、そのグループの何名かは知っているんだな」

「知っている」

「なんていう名前か、知っているか」

「聞いていない」

「随分大きな事件が入ってるな……。ただ、うちの事件はほとんどないけど」

「そんなのは、あんたたちの事情だろ。まだそういうことを言ってんの。被害者は浮かばれないな、呆れたね……」

　シマ争いは、警察という古びて疲弊した組織の不毛で不治の病なのである。

「そういうのを改めようとしてんだよ、それこそ知らないの、あんた」

　南村刑事は切り返してきた。

「そうかな。そんな話は聞いたことも見たこともないがな。現にあんたは、オレが挙げた事件を聞いてがっかりした顔したぜ。〝自分とこのシマの事件が少ない〟ってね。顔に書いてある。正直だねえ。それで改めてるって、説得力ないな」

「まあいい……。うるさいよ」

南村刑事はうなりながら、ひとり考え込んでいる。

「秘密の暴露があるんだろう?」

キリをつけるように、わたしは促した。この刑事の思案に付き合っていられない。

「さてね」

「ここで謎解きごっこしてどうするんだよ。こっちも言ったんだ、教えてくれよ」

「うん、そうだな、実はあれだよ、あんたが言った事件の一つなんだけど、現場に残ってるんだよな……」

「なにが」

「あちら系のDNA……」

「アジア系?」

〝あちら〟と〝アジア〟――わたしは交錯して聞こえた。南村刑事は黙っていた。

「どの事件だ?」

南村は、メモした文字列の一つを指差した。その事件は、警視庁管内でこそ発生していないが、確か関連捜査をしているはずだった。関連捜査とは、例えば被害者の足跡が事件直前に都内にあったとか、容疑者が事件後、都内に入り込んだというようなことがハッキリしている場合に行われる。ただし、それが本気で行われているか否かは判らない。

「それね……そうなのか」

わたしは独りごちた。

「北東（アジア）か？」

「これ以上は言えない」

「そういうところみると、北東なんだな。そうでなけりゃ、オレがこんなことをここであんたに言っているわけないもんな。おれは、北東以外のアジア人の情報なんか持っちゃいないし、そもそもそんな連中は知らないもんね」

刑事はしきりに考え込んでいた。

「しかし、ＤＮＡ鑑定というのはすごいものだな。同じアジアでも、どこの地域まで割り出してくるんだな」

「北東ということはどこにも発表していない」

「判っている。オレはこの手の事件は興味がないんだ」

実際にそうであった。南村刑事が指差したその事件は、かなり知れ渡っている〝大きな事件〟だったが、ここに明記はしない。興味がない事件について、〝ついで〟はタブーである。

第7章　板橋資産家殺人放火事件

その年の五月下旬、事件は起きた。

わたしは事件発生を知らなかった。その発生後もしばらくは、まったくといっていいほど興味を持たなかった。しかし、時が経つとともに、好むと好まざるとにかかわらず興味を持たざるを得ない状況になってきた。無理にでも持たされるようになった、といった方が適当かもしれない。

「齊藤さん、どうもおかしい。あんた、なにも言ってないね？」

韓国人の全氏が、突然電話してきてこんなことを言った。彼は前からつきあいのあるネタ元の一人だ。相模原の星山との話をつけてくれたのは、この全氏である。全氏からそんな電話を受けて戸惑っていたとき、今度は中国人の蔡から、意味不明としかいいようのない電話をもらう。

「あんたが書く、というのは全然構わない。それがあんたの仕事だからね。ただ、誰かに言ってませんね？　新宿のこととか……。特に、警視庁の刑事なんかにはね」

蔡の口調はあくまで穏やかだったが、穏やかさのなかに焦燥が隠されていた。慎重な蔡が電話で、〝新宿のこと〟などとなにかを特定させるような言葉は発しない。

どうしたのか――わたしはボンヤリとした頭で、首を傾げるしかない。

この中・韓のグループのキーマンたちからの度重なる電話に、わたしはなんだかキツネに鼻をつままれたような気になってしまっていた。

そのときはもう事件は起きていたが、わたしはそのことにまったく気付いていなかった。

妙な質問はなんと鄭からもあった。

「サイトウ?　自分はテイだ」

「テイ?」

「〝TEI〟だ」

相手は同じことを何度も繰り返した。そして一旦切れた電話はすぐに同じナンバーからかかってきた。

「齊藤さんだろ?」

「誰だ」

「星山だ」

「ああ、そうか、さっきの電話は鄭さんだったんだな。一体どうしたんだよ、星山さんが電話してくるなんて。それも鄭さん付きで」

「あんたに聞きたいことがある」

「鄭かあんたか、どっちだ」

「両方だ」

「なんだよ」

「あんたは警視庁の刑事に知り合いがいるだろう?」

またか――わたしはうんざりしていた。どうしてどいつもこいつも同じことを聞くのか。警視庁の刑事ごときが、どうしたというのだ。

「あんた、その警視庁の刑事に、なにか言ったか?」

「言ってない」

「ふん、『オジョリ』のことも?」

「『オジョリ』?」

「喰いもん屋だ」

「ああ。どうしてオレが、あの店のことを刑事風情に言う必要があるんだよ」

「なんでもいい。言っていないのなら」

「星山さん、よく聞いてくれ。オレがあんたたちや、まして、あのきたない店のことを刑事連中に言ってどうするっていうんだ。あんた警視庁とか言っていたが、あんたたちはまったく関係ないだろう? オレは言っていないといったら言っていない。そんな約束が守れなくて、あんたたちのようなヤバイ人らを取材なんかしないよ。そんなことは全さんにもう一度聞いといてくれ」

その全氏からも、なんだかわけの判らない猜疑のような電話をもらったことを思い出し、わたしは急に冷えた思いがした。

「ふん、だったらいいんだ」

星山はそこで電話を自分の方から切った。鄭には一度も代わらなかった。

連中の動揺

そんなざわついた状態のなか、今度は蔡の頭越しに、あの〝地下室の男〟から伝言があった。初めてのことだった。電話口に、奴の野太い声が聞こえた。

「齊藤さん、言ったね？　警視庁に、あのことを」

「え？　あんた、蔡さんのところの……」

「そうだ」

「なにをいっているのかわからない」

わたしは正直に言った。

「……」

言葉がうまく伝わらないので、考え込んでいるのか。

「あんたはなんという名前なんだ？　それさえ知らないんだ。これじゃ、会話にならない。あんたはないと言っていたが、本当はあるんだろ、なにか名前のようなものが」

「ミャオロン」

わたしにはそのようにしか聞こえなかった。

「……ミャオロン、あんたは、わたしになにが言いたいの？」

「齊藤は、言ったか？　警視庁に、自分達のこと。自分は訊いている、おまえに」

これは、このまえから全氏や蔡が、いきなりわたしに聞いてきたことと同じではないのか？

一体彼らになにが起きているというのだ。

「言っていない。安心してくれ」

「……」

「おい、聞いているか？」

「自分は、聞いている」

「あんたは蔡に、わたしに直接電話していることを話しているのか？」

反応がない。わたしはもう一度、ゆっくりとその質問を繰り返した。

「話していない」

「いいのか？」

「おまえとは関係ない」

「ふん、なるほどね。それならいっとくがオレに訳のわからない言いがかりをつけるのはよして欲しい。オレは、あんたたちのことを誰にも言わないし、これからも言うつもりはない。ただオレは自分の取材の目処がついたら——目処がつく、わかるか？　判らなくともいい、とにかく取材にケリがついたら、オレは書くだけだ。誰にも話したりはしないが、書くことはする。それがオレの商売なんだ。そのことは蔡も知っている。知っていて、そのうえであんたをオレに紹介している。この意味はわかるか？」

わたしは一気に言った。このミャオロンなる男が、わたしの言った十分の一も理解できなくともそれはよかった。わたしの、彼らに対する確認作業に過ぎないのだ。

わたしは彼らのように、個別に情報を伝達するようなことはしない。情報が彼らの生きるための最大にして最重要アイテムということは判っている。だから彼らは、相手も、またその内容も選んで情報を伝達する。それがこの連中の生きる術なのだ。

わたしはその情報を、彼らがいる現場に奥深く分け入り、必死で集める。集めて、それをまとめる。その行為は決して個別への伝達でもなければ、生きるための選別でもない。同じ情報に関しての行為でも、連中とわたしはまったく違うベクトル上にあるのだ。

知ったことは全部書く。それは、情報を為にする、あるいは生きていく上での武器にも糧にもする彼らとは、根本から違う行為である。むろん、相互に関わり合わない。書くことはわたしの問題で、彼らのどこにも何にも関わらない。何につけても、お互い抵触しない行為なのだ。そのことを承知しているから、蔡や韓国人の全氏らは、わたしに自分達が困らない限りの情報を、それはお為ごかしかもしれないが、提供してくるのだ。

ただ、この電話の向こうにいる〝ミャオロン〟などと適当な呼び名を騙る男にとって、そのようなことはどうでもいいことなのだ。彼においては、生存に根ざしたところで起きている事態から派生した質問だったはずだ。

それにしても、この一連の見えざる動揺はどういうことなのか。それは少なくともわたしの側から発生したものではない。わたしといつも対峙している側に、なにかが起きている。

グループが使い始めた妙な言葉

その事件は二〇〇九年五月二五日、東京都板橋区で起きた。

大邸宅に住んでいた主夫婦は就寝中、胸を刃物で抉られ失血死、その後すぐ家に火をかけられた。布団の下から、帯封が巻かれたままの札束が数個、出てきた。しかし、これは本当に数個だったのか、いまだにわからない。とにかく、殺された夫婦は資産家だった。事件発生後一年経過した段階で、捜査はいまだに難航している。解決の目処さえ立っていない。

わたしを取り巻く、〝彼ら〟からの大きなうねりは、この板橋資産家殺人放火事件が起きた後からわたしに届くようになってきた。全氏、蔡、鄭に星山、そしてミャオロン……。

初めはわからなかったのだが、彼らの連絡が、一つの時間的な〝点〟に集中していることに気づいた。それが、板橋資産家殺人放火事件なのだ。

そして彼らの問いかけのなかに、あまり聞き慣れない言葉が含まれるようになっていた。

例えば、〝KEI-SHI-CHO〟はこのところ増えてきていたとはいえこれまでにも登場していたが、そこに付帯するように、〝KOU-AN〟という言葉が時々出てくるようになった。

「齊藤さんね、あなたは〝KOU-AN〟と仲がいいわけではありませんね？　どうですか」

これは全氏であった。全氏が私を咎めるような口調でものを尋ねてきたのは、これが初めてのことだった。この時初めて、彼らから〝KOU-AN〟という単語が、わたしとの関連を示唆する形で出てきた。次は蔡だった。

「〝KEI-SHI-CHO〟とは、どんな仕事をしていましたか？　……取材、そうですね。そのなかに〝KOU-AN〟は入っていましたっけ」

こんな具合である。全氏と同じく、蔡の口から〝KOU-AN〟という単語がこぼれたのは、やはり初めてのことだった。

それに加え、もうひとつ妙な言葉が加わるようになってきた。それが〝YAYOI〟である。

「齊藤さん、あんた、〝YAYOI〟に行ったのか？」

星山はこんなことを聞いてきた。わたしは当然、聞き返す。

「なんだそれ、〝YAYOI〟ってのは？」

星山は、いかにも鼻白んだような声で、

「あんたは知らなかったのか」

こんなことを呟いて、電話を切った。

また、たどたどしい日本語を使って、あのミャオロンが訊いてきた。

「自分は、知っている。〝YAYOI〟に誰が行ったのか。それを、おまえは、言った、〝KOU-AN〟に」

「〝YAYOI〟、なんて、知らない。わたしは、誰にも、そして、何も言わない」

わざわざ言葉を句切ってこう言い返すと、ミャオロンは、星山のように無体に電話を切った。

なぜ、あのグループの構成員が揃いも揃って、それも、中国人も韓国人も申し合わせたように、〝YAYOI〟などというのだろう。それをなぜわたしに、まるで問い詰めるように訊いてくるのか。

〝YAYOI〟、これは日本語であろう。弥生――三月のことか。中国は旧暦である。日本とは、ずれがある。韓国はどうなのか。人の名前か。つけるとしたら女性か。

そういえば奴らは言っていたじゃないか、「行ったか？」と。

地名――その名前で、検索をかけてみる。

「板橋区弥生町」、あの板橋資産家殺害放火事件の現場が〝YAYOI〟、すなわち弥生だった。

獲物と代償

あの事件が起きてから、彼らを取り巻く事情は大きく変わり始めたに違いない。わたしは、彼らのその変化の渦のなかに、どうやら巻き込まれたらしい。誰が引き込んだのか。誰が渦のなかに突き落とすために、わたしの背中を押したのか。彼らに密着し過ぎたのか。それとも、もっと良くない立場に引きずり込まれたのだろうか――。

構図もまったく見えなかった。登場人物だけがやたら多く、彼らがどの位置に立っているのか、そして自分自身がどこを浮遊しているのか、それすらわからなかった。

ただ、わたしは取材を繰り返していただけなのに。それを一冊の本にまで積み上げたかっただけなのに。前作を証明し、さらにより深めたものにしたかっただけなのに。

グループの取材から得たものは、大きく、また、小さい。

愛知・豊明一家殺害放火事件、新宿歌舞伎町ビル放火事件、熊本・宇土病院長夫人殺害事件（解決）、八王子・ナンペイ事件、そして板橋資産家夫婦殺害放火事件――。

いくつかの事件の実行犯は、確かに判った。しかし、「進化している」というグループに仕事を持ち込んだのは誰か。その先はあるのか。動機は。

犯罪を構成するこれら重要な要素のほとんどは判らないのだ。

わたしは、そんな小さな収穫を得るために、彼らからも大いに利用されている。それは承知の上だった。しかしそれは、渦に巻き込まれるという代償を支払わなければならないほど、のっぴきならないものになってきていた。そこに陥ってまで得たものが、大きなものだったと言えるのか。代償と天秤にかけたとき、やはり得たものの方に傾くのか。答えはノーであろう。

ただこのあと、わたしは大きな代償を支払いながらも、今まで得られなかった獲物を手に入れることができた。

それはやっと得た〝真相〟の欠片だったかもしれない。

第8章　対峙

気忙しい空気が取り巻いている。

わたしは、ここで行っておいた方がいいと思っていた場所に足を向けた。そこに行かなければ、この急にざわつきだした周辺の意味がわからないと思ったのだ。そこに行けば、なにかヒントらしきものが得られるとも思った。

この前の星山からの電話がそこに行くことを促していた。星山は、電話をかけてくるなり「『オジョリ』は？」と尋ねてきた。その唐突な質問が気になっていたのだ。

「今日は誰もいないんだな。この店はやっているのかい？」

約束しないで訪れるのは初めてだった。暖簾のようなものもなく、勝手にドアを開けて入った。客はいない。六月の蒸した空気が、店のなかも支配していた。

「やってんの？」

わたしは大きな声を出した。

「やっていない」

背の高い細長い年寄りがなかから音もなく現れ、こう言った。

「誰もいないの？」

星山や鄭のことを聞いたつもりだった。

「いない。ここを見てわからないか」

その年寄りは、あの通訳の婆さんの旦那だった。彼らが正式な夫婦かどうか知りはしない。そう見えただけである。

「星山は来ないのか？　鄭は？　他にもいるだろう？」

「来ないよ」

わたしは男の視線に射すくめられたような気になってきていた。実際、金縛りにでも遭ったような感覚に陥っていた。

「星山や鄭というのは、やっぱり、あのグループなんだろう？」

男がかすかに笑ったような感じがした。わたしは身じろぎできなかった。

「〝グループ〟っていうのは、なんだ」

「知っているはずだ」

「ふん、知らないね」

「知らないならなぜ、彼らはいつもここに来るんだ、それもオレと会うときにだ。そうだ、いつも通訳のようなことをしていた婆さんがいたが、あの人は今、いないのか」

「ふん……。おまえが、聞きたいことはなにか、みんなわかっている。だから、言う。あんまり、自分達のことに踏み込むな。もういいだろう。おまえが知ってどうする。思い上がるな！」

「――」

「すると、あんたも彼らと同じ、なのか？」

「ふん……」

「どうしてあんたたちは、殺しや放火までして、よその国でそんなことまでして生きていかなきゃなんないんだ」

男の視線がさらに鋭くなったような気がした。腋の下から汗が出た。もうこのへんでいいだろう、訊くことは訊いた。

「おまえは……、おまえは、そんなことを聞いてどうするつもりだ。おまえにはなにも関係ない。自分達の生きることに興味を持つな」

男は吐き出すように言った。心なしか、向こうに立っているその男の息づかいが荒くなったような気がした。

向かってくるか。恐怖心が粟立ってきた。この相手はすでに犯罪と抱き合っているのだ。ジリジリした空気に押しつぶされそうになった。

わたしの方が、緊張の糸が切れてしまった。みっともない話だが、這々の体で逃げ出した。怖かった。怖さが限界に達してしまっていたのだ。

またなにも判らなかった……。いや、そうではない——自分に弁解していた。

愛宕神社での対峙

「齊藤さん、あなた、あんまり無意味な取材はしない方がいいですね」

菅原公安刑事が、初めて自分の意見らしいことを口にした。それは、確かに忠告だった。

菅原公安刑事に電話で呼び出され、わたしはそこに行った。妙な場所だった。愛宕神社の手水舎と指定してきたのだ。

長い急な石段を登り、鳥居をくぐったところの右側に手水舎はあった。そこに行ってボンヤリしていると、いつ来たのか、菅原刑事が後ろに立っていた。

「齊藤さんは、もう長いんでしょう?」

「長いとは?」

「今もやっていらっしゃる取材ですよ」

「え、ええ」

「どうですか、成果は」

「思ったようにあがっていませんよ。とんとん拍子でうまく取材が仕上がってくれればいいのですがね」

「うまくいかないものですな」

「菅原さんの方は、どうなんですか？　あなたは、やっぱり外国人犯罪を中心に捜査しているんでしょう」

「まあ、そんなところです」

「じゃあやっぱり、わたしと同じような分野ですね。今度はぼくの方からお聞きします。このところいかがですか？　その、捜査のほどは」

「そう言われてもね、お答えのしようがありませんな。まあ、ぼちぼちといったところです」

「相変わらずなにも仰らないんですね。まあいいや、ところで今日は一体なんです」

わたしは、この正体不明の公安刑事とのつかみどころのない会話に飽きてきていた。この刑事との会話は、最初から飽きているのだ。しかし、なぜか抗いきれない強引さで、こうして会っている。

また、無駄な時間を過ごしてしまった、そんなことを思いながら、池の中を覗き込んだ。

突然、菅原刑事は言った。声色が変わっていた。それがさきほどから仄めかしていた忠告だった。

わたしは呆気にとられた。なにを言われたのか、よくわからなかった。

「無意味、とはどういうことですか？」

ようやく聞き返した。

「その通り取っていただいていいのです」

「わたしは無意味な取材をしていますか？」

「していませんか?」

「無意味な取材をしてはいけませんか?」

「いけないな、迷惑する人が出てきます」

「迷惑? わからないな、わたしの取材で迷惑する人がいるのですか?」

「います」

「どんな手合いの方ですか、それは。あなたの捜査ですか?」

「それだけではない。もうちょっと、ご自分で考えなさい」

「いや、ぼくにはわからないな。その人に謝りたい、だから是非、知っていたら教えて下さい。会いに行きます」

「ハハハ、私はそれほど親切じゃない」

「あなたはなにを言いたいのですか? 言いたいことがさっぱりわからない」

「有り体に言えば、つまらない詮索はしない方がいい、ということです。誰だって自分の回りを犬みたいにクンクン嗅ぎ回られたりするのを喜ぶ者はいない」

「それを公安刑事のあなたから言われるとは思わなかった。菅原さん、あなた、本気で僕にそんなこと仰っているんですか?」

「本気です。あなたの身のためでもあるし、なにより詮索される側のためでもあるのです」

これまで数回、取材の後、偶然この刑事に会ったことがある。そのことを不意に思い出した。

「菅原さん、あなたは私がどういう取材でどんな人に会いなにを聞いたのか、知った上でそんなことを仰るんですか？　いい加減にそんなことを仰るとは思えませんが」

「むろん、いい加減にこんなことを言っているのではありません」

「そうだとすれば、ますますわからない」

「深く考える必要はないのです」

「――」

「私からの老婆心と思ってもらって結構です」

「あなたはそんなことを僕に聞かせるために、ここに誘ったんですか」

「いいですか？　あなたが取材だなんだと言って動き回るのはいいが、そんなことをしてもなにも得るものはないでしょう、それを教えてあげているのです」

「僕は素直にお礼を言うべきかもしれない、なにしろ教えてもらっているんですからね。しかし、あなたからそんな教えを受けるいわれはない。僕が言うことはひとつ、放っといてくれ、です」

「そうですか」

菅原公安刑事は、薄笑いを浮かべていた。

「つまらないことを言いましたな、お忙しいところ失礼しました」

そう言って菅原刑事は、ちょっと右手を挙げ、長い階段とは反対側にある坂道をゆっくりとした速度で降りていった。わたしはそれをボンヤリと見送っていた。

この時、その男はもう刑事ではなかった。それがわかったのは、わたしも事態の大枠をのみこみはじめた、そんなときだった。

赤坂みすじ通りの空きビルでの対峙

蔡から連絡があった。

「今度、わたしたちは、引っ越しをします。新宿？　いや違います、赤坂です。そう赤坂。新宿の方は、そのままですよ。ええ、新宿から離れるわけではありません」

また面妖な話である。ただでさえ慌ただしいのに、こんな話を突然、蔡がしてくる。そして今回は、いつもの蔡と違って押し付けてくるような話し方だった。

「赤坂はどちらですか」

「来てもらえばわかる。そこでお会いしましょう」

「引越祝いを持って行かなきゃな」

「まだ、（引っ越しは）終わっちゃいない。その近くでお会いしましょう。実は、その前に、齊藤さんに言っておきたいことがあるのです」

「どんなことですか？」

「それも会ってから、だ」

言っておきたいこと——いやな予感が頭をかすめたが、約束した日時に赤坂に行くことにした。

ざわめいた空気が必要以上に警戒心を扇動していた。蔡は、赤坂みすじ通りの韓国料理屋の前に立って待っていた。その場所は彼が指定してきた。中国人の蔡が韓国料理屋の前と言ってきたのには、なんとも不思議な感じがした。それよりなにより、〝またか〟と思った。韓国料理屋に関しては、相模原でいやな思いをさせられている。

彼は、緑色のベースボールキャップを目深にかぶっていた。そんな格好をした蔡を見るのは初めてだったので、最初、まったくわからなかった。蔡は自分の部屋でも、ジャケットのようなものは羽織っていたはずだ。

「おい、齊藤さん……」

「なんだ、蔡さん、ここにいたの。別人のようだね、なんだいその帽子は」

「まだ、この街には馴染みがないね。だから、こんな恰好して馴染もうとしている」

このあたりは、コリアンタウンとでも呼べるような街並みである。確かに、中国人には馴染みがないところかもしれない。

「どうしてこんなところに――。この近くですか、引っ越し先は」

「そう」

赤坂見附の方に歩き出した蔡が、白い化粧壁が貼り付けてある五、六階建てのビルの前でふと立ち止まった。

「ここ」

そこは空きビルだった。一階部分は厚いベニヤ合板が一面に張られ、見上げると、二階から上も全階封鎖されたようになっていた。一階のビル入り口人ひとり通ることのできる分だけ黒い穴を開けていた。

「建て直すんですか?」

「これからね。近いうちに工事関係者が入ってくる。リニューアルが終わったら、わたしたちは引っ越してきます」

「なるほど」

「そこから入る」

そう言って蔡は、入り口の穴を指差した。当然だが、その中は外から見ると真っ暗だった。晴れているだけに、そこが余計に黒く浮き上がる。

「あそこから入ることができるよ。わたしたちはこのビルの二階に引っ越しするのです」

「そうですか、今から入るのですか?」

「今、行っても仕方ない。真っ暗なだけですよ。あなたにここを教えておきたかっただけだ」

蔡は意味ありげに笑った。

後で念のため、そのビルの不動産登記簿謄本を取ってみたが、そのときすでに競売物件になっていた。債権者はSFCG(旧商工ファンド。二〇〇九年四月破産)だった。これだけでもなんとなくややこしい物件ということがわかる。このような物件は、外国人しか扱いきれなくなっているのが都心の実態である。

蔡は、来たところを戻っていく。先ほど落ち合った韓国料理屋の前を通り越し、さらに溜池方向に進んだところにある狭い喫茶店に入った。この先は、黒塀が続く赤坂の料亭街だ。昨今そんなところに出入りする政治家もすっかり淘汰されている。近いうち、そんなところも外国人専用の料理屋に変わっていくのかもしれない。

その喫茶店では、わたしたちを待っている男がいた。その男にわたしは以前会っているというが、すぐには思い出せなかった。

「誰だったかな」

「齊藤さんに、クマモトの事件の話をしたとき会いました」

蔡が変な日本語で言った。確かにそうだった。わたしにミャオロンと名乗った〝地下室の男〟の相棒のような顔をして彼の横に座っていた男だ。

「思い出しましたね」

「蔡さんの話があるっていうの、この人が言っておきたいってこと?」

「そうでもありますね」

「なんのことだろう」

「わたし、ちょっと前に質問しましたね、〝KOU-AN〟とか〝KEI-SHI-CHO〟とかね……」

「ああ」

「そのことでね、この男から聞かせたいことがあるんです」

蔡は、皆に顔を寄せるように促した。他に客のいない喫茶店でそんな姿勢はおかしなものだったが、わたしも〝相棒〟も従った。誰が食べたか、かすかに餃子の匂いがした。

「こんな人達を知っているか、この男は齊藤さんに聞きたがっている」

〝相棒〟はそこで、ズボンのポケットから一枚の紙を出した。そこには日本人の名前がへたくそな字で都合十名書かれていた。

わたしは何気なくその日本人名のリストに眼を落とした。

そのなかの一人の名前を見たとき、わたしは思考と視点が凝固した。

コレハ、ナンノリストカ——。

ナゼ、コノレンチュウガ、シッテイルノカ——。

今まで考えていたことが結び合うような、そんな予感がしてきた。

〝相棒〟は、中国語で蔡になにか言っていた。彼ら目の前にいるのに、どこか遠くで話しているようだった。蔡が頷いたようだった。

わたしは辛うじて訊いた。声がかすれそうになっていた。

「ここに書かれている名前はなんですか？」

「それを知りませんか？　そのなかの誰でもいい。それを齊藤さんに聞いている、この男がね」

「一人も知らない」

自分の声がうわずっていることを気付かれはしないか、心配が頭を擡げた。

蔡が〝相棒〟に一言いった。〝相棒〟はフーッと一息、大きく吐いた。

「この紙、くれませんか？　調べてみよう」

蔡に言った。

「ダメだ。ここで書き写していくのならばいい」

「一体なんですか、この人たちは。どんな人達か教えてくれなければ、答えられない。それを教えてくれ」

わたしは書き写しながら、眼を下に向けてそう言った。

「あなたに聞けば一人くらいわかると思った」

蔡が言った。

「もしわかったとしたら？」

「どういうことはないのですが……」

話が見えない。

「あなたのお仕事の参考にもなると思うのですよ」

蔡はときに媚びたような言い方をする。この時もそうだった。

わたしは、書き写したメモから視線を上げて、蔡の顔に据えた。

「どういうこと？」

「そういうこと」

「それじゃわからない。教えてくれ」

蔡は〝相棒〟になにか言った。〝相棒〟は、早口でそれに返していた。そして、わたしの方を向いてなにか言った。心あたりのない不安で動悸が高まってくる。

「あなたが、知りたがっている集団、いやいや、なんていうの、口癖のようにいっているグループの一員だよ。この男は、ちゃんとそう言っている」

「日本人がこんなにいるのか」

「いろんな人種が入り込んでいる。ただ、そのグループの中心が誰かによって、その割合は変わってくるんだよ。中国人が多いところは中国人のグループと呼ばれるわけだ。決して、ひとつの人種だけで組まれることはないよ。そして、ここは日本だからね、日本人が多いのは当たり前だ。なにかと便利だからね」

「――」

「わかりますか?」

蔡が、たたみかけてきた。

「わかるよ。けど、それは犯罪専門のグループ?」

「いろんなグループ――」

「けれど、この人が関係しているグループならば、犯罪専門グループじゃないか。この人は、クマモトの事件や新宿の放火事件のことを話すときにいただろ？」

「そうとは限らないよ」

「この日本人たちは、どういうグループにいたんだ？　犯罪専門？」

蔡が〝相棒〟に言うと、男は二度頷いた。

「そうらしいな。自分がそのグループじゃないから、そう言えるんだな」

「ふん、この日本人のことをなぜ知りたいんだ。自分達で調べりゃいいだろう」

「調べている。けれど、あなたも知りたいだろう？」

「そりゃ、知りたい」

この連中はわたしを使って何をしようとしているのか。明らかに、餌をぶら下げて、わたしを利用しようとしているのだ。わたしを動かして、誰かに、あるいはどこかに揺さぶりをかける、彼ら一流の手だ。これで傷つくのは、少なくとも中国人が占めているグループなんかではない。揺さぶりをかけられた相手と、それに、メッセンジャーボーイのわたしだ。

そうとわかっていても、ここに並ぶ十名の日本人のリストの魅力には敵わなかった。すでにわたしは、そのなかに知っている名前を見つけてしまっている。伊達や酔狂で、この眼の前にいる不法入国中国人らが、あの名前を知るはずはないのだ。

「そりゃ、知りたい。知りたいがね、ただ漠然と日本人の名前が並んでいても、無理だ。名前だけでどうやって調べろというんだ。俺には無理だ。残念だが――」

一応は、餌を喰わない素振りは見せた。しかし、蔡は引かなかった。

「自分達が調べたことがちゃんとあっているか、それも確認したいんですって。この男は」

「そりゃそうだろうな、彼らは、一体どういう連中なんだ、ヤクザ？　それとも――」

「〝KOU-AN〟関係です」

「え？」

石が眼の前に飛んできたような気がした。わたしは聞き違えたのかと思った。いや、聞き違えであって欲しかった。わたし自身の愚かさ加減を見せつけられるのは、耐え難い。

「〝KOU-AN〟」

「全員が？」

「そうだと思う」

わたしは怖くなってきた。

このリスト内の幾人かが、彼らの言う〝KOU-AN〟ということであれば、当然、わたしはそこに気付くに違いない。もしわたしが、〝KOU-AN〟の意を受けて彼らの懐に飛び込んでいたとしたら、つまり、公安の犬のような存在だったら、このリストにすぐ反応するはずである。その反応に伴うわたしの具体的な行動を見ようとしている。

あぶない、あぶない、あぶない――。

わたしは、綱渡りをしているような気分になってきていた。どのように転んでも、もはや抜き差しならない立場に立たされてしまっているようだ。こういう場面で表情を変えないでいられるほど、わたしは頑丈な精神の持ち主ではない。

必要以上に汗が出てくる。これも見抜かれているはずだ。外は蒸しているが、店内は心地よい温度である。

「オレの参考になる、というのはそういうことか――」

焦りをごまかすために、わたしは口を開いた。

これは予想以上の高級な餌でもある。こいつらに利用されるのはいいが、その反動もまた大きいだろう。その結果がどこに行くのかも、まったく想像できなかった。

「調べてくれますね」

蔡はもう一度、ダメを押すように言った。そして、あくまでも、横に落ち着きなく座っている〝相棒〟からのかっての依頼だと通した。いつも瀟洒に振る舞っているが、肝心なときには体《たい》をかわすのがこの男の身上なのだ。

わたしは相棒からの依頼として、十名の確認を承知した。蔡にではなく相棒に、「調べて、確認してみます」と言った。他に答えようがなかった。

外に出ると、さっきまで晴れていた空に、急に灰褐色の雲が湧き出ていた。

すぐにでも確かめなければならない。警視庁の脇田公安刑事に、携帯電話で連絡を取った。脇田刑事の電話は留守電に変わってしまった。折り返して欲しいと残した。

空きビルでの襲撃

わたしは後日、わざと蔡にはなにも言わずに、例の赤坂の、蔡が引っ越すというビルに行ってみた。

夕刻だったが、まだ陽は落ちきっていない。赤坂みすじ通りは、その時間が一番人通りが多い。そんな時間を選んだ。空きビルといえども、不法侵入で咎められてはかなわない。間違いで通るような状況にしておきたかった。

例の空きビルの前は、行き交う人で一瞬の間隙もないくらいだった。どさくさにまぎれるのはたやすい。なんでもないふりをして奥に入ってみた。

暗いが、夕刻の残光がまだ奥に届いていた。案外奥行きがあった。十四、五メートルいったところに、階段があった。その横にエレベーターの扉である。むろん、動きはしない。おかしなことに外の騒擾は、届かなくなっていた。

手すりを握りしめて階段を上がる。蔡は、ここの二階に引っ越すといっていた。

わたしは、あのときの蔡の素振りから、もうすでに引っ越しているのではないかと思っていたのだ。そして、そこはすでに、〝グループ〟のあたらしいアジトとなって機能し始めているのではないか。そこを不意に訪れれば、なにか〝グループ〟の見えなかった部分が見えるのではないかと推測してみたのだ。「引っ越すのです」などという控えめな言葉をまともに信用していては、後手に終わってしまう。

わたしは、まさに現在進行形か、あるいは近い将来起きようとしているなにかを確認したかった。彼らグループをつかむには、それしかないのである。

階段は折返しになっていて、なかほどに踊り場があった。わたしはそこを一歩一歩上っていった。階段には薄いカーペットが張ってあった。だから足音はしない。

しかし、一段上る度に暗くなっていくのには閉口した。まったくなにも見えない。網膜に白い斑点が浮かび上がるだけだ。一階の廊下部分に当たっていた夕陽は、もはやそこには届かない。一段一段上っていく度に不安になっていく。外壁の向こうには大勢の人もいるし、ありとあらゆる照明が通りを照らしている。ここだけが漆黒の闇というのが不思議な感じがした。

なんとか二階にたどり着くと、そこも同じく闇だった。

何メートル進んだか、立ち往生してしまった。なにもつかめないままここを立ち去るしかなかった。記憶していた階段の方に向き直ろうとしたとき――。

真横の空気がぐらりと揺れたような気がした。

左の首筋になにかが激突した。同時に、鳩尾《みぞおち》になにかが恐ろしい勢いで突っ込んできた。

わたしはうつぶせに倒れ込んだ。意識が遠のくようなことはなかったが、倒されたまま、じっとしていた。

痛みは感じない。痛みを感じるほど冷静になってはいなかった。

とにかく怖かった。身体が自然に震えだした。なにが起きたのか、どうして怖いのか、自分をまったく制御できなかった。震えが止まらない。

これは不慮の事故ではない。襲撃だ。

わたしを襲ったのは人間だった。そいつは音も立てずに、そこから立ち去っていった。床に這いつくばりながら、それだけはわかった。

たっぷり五分はそんな恰好でそこにのびていた。擬態する昆虫のように一ミリも動かないように我慢していた。生きていることを悟られて、殺されることが怖かったのである。

ようやく震えが止まって身体を起こしかけたとき、初めて首筋の痛みを感じた。

立ち上がろうとしてもすぐには立ち上がれなかった。鳩尾が強ばったようになり、身体が真っ直ぐにならない。無理に真っ直ぐにしようとすると、吐き気がこみあがってきた。

よくあのとき階段を踏み外さずに下に降り、暗い廊下をたどって、みすじ通りに出たものだと思う。その道程は覚えていない。思い出せないのだ。

見栄えのいいコスチュームに身を包み通りを闊歩しているホステスが眼に入ったとき、心細さのあまり、思わず抱きつきたくなった。

利用され、挙げ句はこれだ。何も得るものがなかった。ここまででいいじゃないか、もう――取材者として、緊張とやる気は限界にきている。

あの襲撃はなんだったのか。

頭が混乱していたうちは、思考も想像もできなかった。それでも多少、落ち着きを取り戻すと、その挫けた思考回路にボンヤリとした形が浮かび上がってこないではなかった。

あれは、間違いなく空手の使い手であった。

わたしは数年前から空手を習い出している。それでわかったのだ。あの第一撃、首筋に打ち込まれた痛打は〝手刀〟である。しゅとう、と読ませる。文字通り、手を刀に見立て、早い振りで空気を切るようにして、掌の外側側面（手刀尖先三寸）を打ち込む技だ。

そして第二撃、あれは中段突きである。空手道では水月《すいげつ》、つまり鳩尾に拳を一直線に入れ込む技のことである。いずれの攻撃も、空手の師範のように見事に決まった。

襲撃者は空手をたしなむ者、それも相当な習熟者だということだ。この条件は、その人の特定に役立つはずである。

あれは知りすぎたことへの警告などというありきたりなものではなく、これ以上の立ち入りを禁止するといった、行動の制限を意味するものであったような気がする。

第一、わたしは彼らのことについて、知りすぎるほどの材料は得ていない。彼らにコミットはしていたが、襲撃を受けなければいけないほどのネタはつかんでいなかった。

ただひとつ、引っ掛かる点があった。それは従前、蔡が見せた、例のリストのことだった。グループ内にいるという、日本人のリスト。彼らは蔡と〝相棒〟曰く〝KOU-AN〟だという。

わたしはあのリストを意図的に見せられたあと、あのような理不尽な暴力を受けた。その時期の接近に、引っかかりがあるのだ。

あのリストのなかに、わたしは一人の知っている人物の名前を見出している。わたしにこれ以上の詮索をやめろという、つまり、行動の制限に関わるところでの〝襲撃〟ということも考えられる。


「今は、いない」


脇田公安刑事から、遅ればせの返信が来たのは、襲撃の後だった。

「すまんね、忙しかったんで、電話も返せなかった」

「構いませんよ」

頼みがあるのはこっちの方で、脇田刑事はそれになにひとつ関係はない。すまん、などと言ってくれるだけ、この刑事は根はいい人なのだろう。

「ほら、まえ脇田さんに聞いた刑事さんだけど、覚えていますか?」

「公安部の?　ああ、なんとか言ってたね」

「覚えていますか?」

わたしは繰り返した。

「その刑事がどうした?　今度はなにを聞きたいの?」

「あの、その刑事は今どこにいるのか知りたいんだけど。すいません、いつも変なこと聞いて」

「どういうことだい。なんとかいう刑事はどこかに移ったのか？」

「そういうことを聞きたいんだ」

「確かに変だな。あんた、なにかあったのか？　その刑事と」

「詳しく話さないといけないかな？」

「いけないわけじゃないが、いつかはきちんと話してもらわなくちゃいけない場面も出てきそうだな……、ちょっと待てよ、ああこの人、菅原？」

「そう、その人」

「なんだかよくわからないが、まあいいや、一応引き受けたといっておくよ。ただ、変なトラブルはゴメンだぜ。なにがあっても、この刑事のことであんたになにか言った、なんてことは他言無用だ。それだけは頼むぜ」

「いままで、脇田さんに迷惑かけたことあるか？」

「あったら、こうして電話返してねェよ。あんたも気をつけてくれよ、ただでさえ以前、いろいろ言われたりしてたじゃねぇか、あっちの方からさ」

　あっちの方、というのは、同じ警視庁でも刑事部捜査一課のことである。前著でいやな思いをさせられたことは確かだ。

「今は、いないね」

脇田公安刑事から回答があったのは翌日、正確に言えば、依頼の電話をし終わってから十六時間後だった。

「いない?」

「前の部署にいない、ということだ」

「外事三課に、ということ?」

「そうだ」

「今はどこにいるんですか?」

「わからない」

「刑事なんですか?」

「そいつもわからない」

「それもわからないんですか?」

「わからんね」

「――」

「そういうことだ。もういいか?」

「ありがとうございました。また、近く――」

お会いしましょう、と言う前に電話は切れた。

警察というところはいつもこうだ。部署を変わった者がいる時、誰に訊いても、脇田刑事のように、「今は、いない」というようなことしか答えない。異動したのならどこにとか、警察官そのものを辞めたのなら何になった、などというようなことは一切答えない。場合によっては、その人物が警察官だったかどうかも答えないのだ。公安部になるとその傾向はさらに強くなる。大げさすぎる秘密主義の作法だが、彼らにはそれ以上追及しても同じことなのである。

いずれにしても、菅原公安外事刑事は、以前の部署にはいない。

あの襲撃以来の疼痛と、このところわたしの頭に渦巻いているべとつく霧は、粒子ごとに膨張し、競い合うようにその濃度を深めているようである。

捜査一課刑事のメモ

警視庁捜査一課の南村刑事から電話があったのは、二〇〇九年の夏が始まる時節だった。

「あんたか、今日、時間ある？　これから、そうだな、一時間後」

約束した東京會舘には刑事の方が先に来て、貧乏揺すりをしながら煙草を吸っていた。

警察の規律は厳しい、そういうことは大学の同級生で警察官になった者がいて、そいつからしつこく聞かされて知っていた。どうやらその厳しい規律のなかに、貧乏揺すりや煙草の吸い方まで含まれているようだ。警察官はそれをする時、誰もが同じ姿勢をする。

「おそいね」

五分ほど遅れていた。

「申し訳ありません」

「どうしたんだ」

「地下鉄が遅れていた、人身事故で」

「そうか。ところであんた、五月に起きた板橋の事件は、取材してんの？」

ここでも〝YAYOI〟か。

「ほとんどしていない。ちょっとばかり興味は湧いてきたけどね」

「そうだろうな」

「そうだろうな？　新しい線でも出てきたのかね」

「だからあんたも興味が湧いてきたんだろ？」

「オレが興味を持つ線ってことでか」

「そうだろう？」

こういう会話は疲れる。謎かけの応戦をしていても埒があかない。

「外国人の犯罪グループの線が出てきた、ってわけか？」

「この前の、ほら、他県で起きた暴行事件のお返しだ」

以前この刑事には、韓国人の鄭から聞いた話をしている。他県で起きた暴行事件のことだった。その事件はいまだに解決していないが、こんなお返しをしてくれるところをみると、多少は捜査に進展があったらしい。

「板橋の事件に外国人犯罪グループの線ねえ」

わたしは改めて、かの連中の板橋事件前後から今に至るざわめきについて考えた。

「どういうところからその線が出てきたのかな」

「ハッキリしているのは、ガイシャの旦那さんの方だが、呑み友達の関係だな。詳しいことは勘弁してくれ。これだけでも、俺はあんたに話し過ぎている」

報道によると、被害者の資産家はそれこそ毎日、友人たちと大枚をはたいて飲み歩いていたという。そんな報道には誇張がつきものだが、飲み歩いていたのは事実だったようだ。その知人たちの中に、グループの一員がいたのか。

「呑み友達に中にいたかどうか、それはわからないが、その行動の輪の中には外国人がいたということだ」

これだけだと雲をつかむような話に過ぎない。喋り過ぎなどと言ってはいるが、この刑事にしても、これだけを話すために、わざわざここに来たわけでもないだろう。

刑事は、ブリーフケースから、小さなメモをつまみ上げた。そのメモには、また、幾人かの名前が書かれていた。この刑事とっては初めてだろうが、わたしには〝また〟だった。また、ではあっても、そこに書かれている名前は、今度は外国人だった。すべて漢字である。三人の名前が記されていた。

「これを書き写せ、というのだろう」

蔡や〝相棒〟の時に言われた要領だった。

「よかったらな」

二人は中国人、一人は韓国人のようだった。むろん名前だけでは誰一人知ったものはいなかった。

「知ってる？」

「知らないね」

「あんたの聞ける範囲で、聞いてもらってもいいぜ」

「俺に聞き込みさせるんだな」

「おかしなことというな。俺はあんたの商売なんて関係ない。知ったこっちゃないよ。ただのお返しだといっている。個人的にあんたにとってよかれと思ったから、この名前を出して知っている者達に聞いてもいいよ、といっただけだ。勘違いしないでほしい」

「お礼はいわせてもらう、ありがとうございます」

警察からの情報というのは、その多くが知らされてもそれを表に出して動けない、という手合いが多い。面倒だが、いつも腹に収めて取材をしなければならない。これを怠ると、ばれないうちはいいが、明らかになるともうそこから先、二度と情報が出て来なくなってしまう。

それを今回はここに並んだ固有名詞を使って取材してもいい、とこの刑事は言っている。そのことだけに、一応の礼は言っておいた。手間が省けることへのほんのお礼だ。

ただ、わたしは、そこになんらかの魂胆があることになんとなく気付いていた。パターンは、蔡や〝相棒〟らと同じであろう。わたしを動かして、グループの動きを計る。多くがダミーでひとつだけでも図星の情報が入っていれば、グループは動く。わたしに対しても動く。ある時は動揺し、ある時は警戒し、ある時は行動するだろう。

グループに近づくことすらできない警察は、そこに多少なりともコミットしているわたしを使って、そんな陽動作戦をしようとするのだ。

「オジョリ」の顚末

どうしてそこに気付かなかったのか——あれほど取材の場として使っておきながら、わたしが気付いたのはあまりにも遅かった。

サインボードが欠け落ちて、店名も満足に読めない、あの薄汚い韓国料理屋。あの「オジョリ」(吾照里と書くそうだ)という名前の店。いつもあそこは、彼ら不法滞在韓国人たちのアッセンブリー・ハウス、集会所だったたではないか。

韓国人を中心にしたグループの仕事の発注元は、あの店だったのだ。傾きかけたしもた屋が、彼らの管制塔だった。星山も、鄭も、それから全氏も、そのほか犯罪専門グループは皆、あのアッセンブリー・ハウスから仕事を配ってもらっていたのだ。そして、仕事を遂げると再び集まって、今度は成果を披露する。あの白濁した酒を勝手に注いで、なんとかという薄皮の巻きものを次々に口に放り込みながら。

つまりあそこは、グループの〝ど真ん中〟だったのである。そこでわたしは彼らからネタをもらっていた。いや、実際はいいように踊らされていたのだ。

あのとき、あの猛禽類のよう眼を持つ背の高い主人と、暗い中で対面したことを思い出した。あの男は言った。

「自分達のことに踏み込むな」

この拒絶の言葉は、ついこの前にも身体に聞（効）かされていなかったか。あの赤坂の空きビルで、首筋に手刀を、水月に中段突きを打ち込まれた。それは、言葉か態度かの違いに過ぎない。彼らは一様に、わたしがそれ以上近づくことに警戒と排除を示し始めたのだ。

それは、グループに近づくというだけでなく、彼らが関与した事件へのそれ以上の接近を拒んだ、ということだったのだ。わたしがいつも悩んでいた、グループへの指令を誰がやり、誰が仕事の仲介役をしていたのか、その答えがそこにあるからだ。

わたしはそんなところでいい気になって、取材と称して、こちらの知りたいことを声高に訊いていた。それは同時にこちら側の手の内をさらけ出していることにほかならない。わたしの不用意な言葉の端から警察のルートだって知ることは簡単だ。口の軽い愚か者、すなわちわたしが、それらを「オジョリ」で演じていた、ノーギャラで。

〝BITCH!〟

自分に唾を吐きたい思いだった。

索然とした気持ちで、わたしは津久井道を西に車を走らせる。内心怖いが、そうと解釈した以上、もう一度「オジョリ」に行って、あの背の高い韓国人にも会っておかなければならない。もしかすると、星山や鄭らグループの連中もいるかもしれない。そのときは知らない素振りでもして、〝YAYOI〟のことを訊こうと思った。中国人のグループとの関係も、である。

「星ヶ丘」という大きめの交差点を南に入って、近くのレンタルビデオ屋の駐車場に車をつけた。いつも入っていた細かい路地に入る。

そこには――

「ない！」

思わず息を呑んだ。

あのしもた屋があるべきところはきれいにならされて、廃材の山になっていた。

わたしはしばらく、廃材の山をゼンマイの切れた錻力《ブリキ》の人形のように突っ立って眺めていた。

ある時を境に、事態はめまぐるしく変わっていく。そしてグループは、有為転変を繰り返す。わたしは結局、彼らに翻弄され続ける。

あとになって、「オジョリ」があった場所の不動産登記簿謄本を取り寄せてみた。そこの土地は現在、金融機関による差押物件となっていた。差し押さえていたのは新韓銀行で、差し押さえられていたのは、ある日本人だった。建物も同様である。登記簿上に記されていたその日本人のもとを訪ねたが、その人は、もうそこにはいなかった。

第9章　ジャングルへようこそ

なにもかもが迂闊だった。わたしはすっかり目を眩まされていた。

それに気付かないまま、ただ漠然と取材を続けていたに過ぎないのだ。数年間なにかを得たつもりでいて、実はなにも得てはいなかったのである。

そのことがハッキリしたのは、警視庁捜査一課の南村刑事がもう一人の刑事を連れて来たときだった。

南村刑事からの電話に、わたしはまずこう言った。

「あれから進展してるの?」

「それは俺が聞きたいね。あのとき話した線は進展してる?」

「将棋の駒みたく動かそうたって、おいそれとは――」

南村刑事は遮って言った。

「わかったよ、電話したのは、あんたと会いたいっていう同僚がいるんだ」

「どういう人で、なんで会いたいんだ」

「オレも詳しくは知らない。おおかた、『クリミナル・グループ』のことじゃないかな」

南村刑事の皮肉な顔が眼に浮かんできた。

「いやな言い方だな。時間はないな、そして、そんなに暇じゃない。こっちをあんたたちの好きな情報屋かなにかと思っているのなら、お門違いだ。その同僚に言っといてくれ。辣腕刑事さんが会いたがるようなたいそうな者じゃないってね。けれど、呼ばれれば舌出してハアハアいって馳せ参じる情報屋でもないってな」

「うるさいな、くだらないことを並べたてんでもいい。そういうんじゃないんだ、少しだけでも時間くれよ。オレも承知しちまった」

「それはあんたの勝手だが、こちらにはまったく関係ないことだ」

「頼むよ」

「――」

「頼むわ」

懇願調になってくる。

「その人はどういう人？　南村さんとと同じ（捜査）一課か？」

「そうだ」

今さら捜査一課の刑事に会って話をすることもない。どうせ、虫のいい頼み事というのが関の山だろう。

それでもわたしは、「まあ、しゃあないな」と言ってやった。言わされたという方がより近い。そう言わなければ、このうるさい懇願は永遠に続く。

さすがに自分達から半ば強制的に会おうなどと言い出した約束だけに、彼らの方が先に来て、雑踏の延長のような店にもかかわらず、席まで確保してわたしを待っていた。

「やぁ、すいませんでしたね。お呼びたてして」

南村警視庁捜査一課刑事は小腰を屈めてそんな挨拶をした。

南村刑事の隣に、明らかに上役と思われる中年の、箱のような体躯の男が座っていた。ニコニコしていた。南村刑事の方は、控えるようにして椅子に座った。自分より上の役職の者が一緒だと、警察官は誰もが借りてきた猫のようになる。言葉遣いも日頃に比べ丁寧だ。

「こちら、奥村警部です」

南村は同僚と言っていたはずだが——もちろんそれを顔に出すほどわたしも経験不足ではない。

「齊藤さん、ですな。奥村です」

その男は、いちおう丁寧に頭を下げた。名刺は出さなかったが、代わりにすばやく身分証を見せた。まるで奇術師がそうやるように身分証が入っているカードケースを器用に開閉し、あっという間に懐中にしまった。

奥村警部はいきなり用件を切り出してきた。

「齊藤さん、この間の板橋の事件は、なにか引っかかりがありますか？」

またこの事件か——横にいる南村刑事の顔を見たが、表情はなかった。緊張しているのか。

「引っかかりといっても、わたしの方はなにもないですけど」

「ふん、あなたはその、なんですか、外国人犯罪の取材をしていると聞いたけど」

「そればかりではないけど、していますよ」

「それだったら、引っかかりは出てきているはずだ」

「なんだか、取り調べのようですね」

「ご冗談を」

奥村刑事は声を出さずに笑った。

「奥村さん、板橋の事件というのが、どの板橋の事件なのか、僕はまったく見当もつかない。それに、仰るような引っかかりなんてどこにもなんにも出てきていません。大体なんでしょう、引っかかりなんて思わせぶりな言葉は」

「この事件に、中国とか韓国とか、そんな国の不法入国者の線が出てきていることは知っている?」

南村刑事の顔をもう一度見る。この刑事は確かにそんなことを言った。わたしに恩を売ったような顔までしていた。そのことをこの上司は知っているのか？　当の南村刑事は、相変わらず表情はない。

「知りません、そうなんですか？」

「あんたが出入りしている連中だ」

最初の〝齊藤さん〟が〝あなた〟に、そして今度は彼らが一番使い慣れている〝あんた〟に変わった。

「出入り？」

「違うか？」

「冗談じゃない。いきなりなにを仰るのかと思ったら、どういうことですか、それは。僕は外国人のなにかに出入りなんかしたことはない。変なことを仰らないで下さいよ。奥村さんはそんなことを言いにわざわざ僕に会いに来たんですか？　それともやっぱり、取り調べなのかな？」

「取り調べなんかではない。どうですか？　違いますか？」

わたしはなにを訊かれているかわからなくなってきていた。

「出入りしていた、というのは違うのかな？　しかしあんたは、ああいう特殊な外国人にのべつ取材しているそうじゃないか。そんなとき、こちらの情報も流しているんじゃないのかな？」

「冗談じゃないよ。よくもまあそんなデタラメをでっちあげますね。無茶苦茶だ。こんなことになる予感がしたから、僕はここに来たくなかったんだ。南村さん、あんた謀ったな。帰るぜ。コーヒー代はちょうどいいことに先払いだ、僕の自由でこの席を立つことが出来る」

「まあ、待ってくれ。ちょっと待って。板橋の事件はあまり取材していないんですか？　齊藤さんならいろいろ取材するんじゃないんですか、ああいう事件は」

奥村警部は取りなすように両手でわたしの肩を押さえ込む。わたしは背も高いわけじゃなく、奥村警部は中腰でそうした。

「なんですか一体、藪から棒に変なことばかり言って。僕は答えようがない。そもそも板橋の事件って一体なんなんです」

「ほらこの間、五月の末に起きた板橋の資産家の殺人です。アカネコ（放火）のおまけ付きだ」

「新聞で見ました。一体あの事件がどうしたんですか」

「あなたは、聞いていませんか？」

「さっき奥村さんが仰った不法滞在型の外国人のことですか？」

「まあ、そうだね」

「知らないと言ったはずです。それだけです。もういいでしょう。わたしは帰らせてもらう」

「いやね、まあ、有り体に言うと、あなたが出入り、いや違う取材している相手のなかの一人がどうも」

「どうも、って？」

「板橋の事件にもいろんなところで、顔を出したりしているようなんですね」

なにもかもハッキリしない。そもそも刑事が、ハッキリものを言うようなことはない。核心はいつも隠し、曖昧なことを曖昧な表現で曖昧な声色で〝10のうち1〟だけを差し出す。こちらがあとの〝9〟を出してくるまで、辛抱強く待っているのだ。このたちの悪さは、グループの連中とまったく同じである。

「それと齊藤さん、あなた、やっぱり情報というか、取材なんかでは、わたしたちのような警察関係者ともお会いになる?」

いま、こうして会っているではないか——。

「——」

「どんな方面が多いのですか? わたしたち（捜一）のようなのも多いのでしょうけどね。わたしたちなんかは、なにもお話しすることはないでしょう?」

「そうですね、強行犯担当の人は、ほとんどなにも仰いませんね。お話しするだけ、わたしたちも無駄というものですね」

「お話しするだけの材料を持っていないんですよ」

「口が固いんでしょう、みなさん」

「そういうことにしておきましょうか」

強行犯担当の刑事は徹底した組織捜査を強いられるので、自分が全捜査のなかの何を持たされているか把握していない者も多くいる。実は彼らは口が固いのではなく、奥村警部が言うように、取材者に言えるだけの材料を持っていないというのが実情なのだ。

「わたしたちの方面ではなくて、なんというか、警備関係なんかはどうですか?」

わたしはそう来るだろうと予感があった。

「警備、というと?」

わたしはとぼけた。警備が公安を意味しているのは明らかである。

「公安部というような方面」

「ないとは言えないですね」

「そうですか……」

「公安刑事がどういう？」

「たとえばですね、あなたが公安部の人間をなんというか、外国人の特殊な連中なんかに会わせたりしたことは？」

奥村警部の口調がまた性急さを帯びてきた。

「会わせる？　どうして僕がそんな紹介業のようなことをしなきゃなんないんですか。それも、公安の刑事さんと外国人犯罪グループなんかとの間を繋がなきゃなんないんですか。また勝手な想像か、かなわんな」

「そこまで言ってはいませんよ。早合点しなさんな」

「するよ、誰でも。もういい加減にして下さい、これでさっきからイライラを抑えつけているんだ」

「ちょっとくどいようだが、公安部の警察官はなんというかな、そんな紹介なんていう関わりとかはないわけですね？」

「くどいですね、本当に――」

わたしは、奥村警部の眼をわざとじっくり覗き込みながらそう言った。言ってはみたが、なにか引っ掛かる。これはどういうことだろうか。奥村警部は、本気でわたしが、公安刑事の誰かとグループを繋げたと思っているようだった。

これはすなわち、目の前の捜査一課の連中が目下血道をあげている板橋資産家殺人放火事件に、その両者が関わっているということを示唆しているのだろう。そしてそのことは、これまでに幾人かの〝関係者〟によって、同じように示唆されたことではなかったか。

捜査一課は間違いなく、同じ庁舎にいる公安部に疑いを持っている。

ここに確信が、初めて息吹く。

リストの探究

ひとつ、黒い染みがある。

わたしが彼らと同列で、そのサークルに加わっていると、なんとも滑稽な見方を警察がしていることである。これがなんとも気にくわない。この点は当然、払拭しておかなければならなかった。公安刑事とグループとの接合は、その後でじっくり調査する。

「紹介というのは、どちらからも実入りがあるようですから、それを率先してやる人がいてもおかしくない」。奥村警部はにじりよった。

「それを僕が？　話にならない。それとも警察というのは、とんだ妄想狂なんだな。前に書いた本の時には、わたしがそんなことを言われたがね。直接言われたのは、そうそう、あなたたち

（警視庁捜査一課）からでしたもんね。なるほど、あのときのこともわかりかけてきたぞ」

「以前のことはわたしもよくわかりません。まあいいです。今日はそれをお訊きしたかった。齊藤さんがそのようなことをしているか、それとも、いないかをね。心当たりがなければそれでいいのです」

「一言だけ言わせて下さい、奥村さん。あなたは、あなたなりの勝手な見立てをするのはご自由だが、そこまでで留めておいて欲しいのです。特にわたしに関しては、こんなところに呼び出して、貴重な時間を費やして、これはどういうことですか？　もっと、その見立てを吟味するわけにはいかないのですか？　とにかくわたしは、紹介屋のような真似はしたこともない。そのうえそれで薄汚いカネを手にした覚えもない。あまりに荒唐無稽な話なんで、片腹痛いくらいですよ。それだけ僕が外国人の特殊なグループに接近していた、そう取ればいいのかな。そうであると話は違ってくるよ、取材者冥利に尽きるというものです」

わたしの嫌味を、奥村警部は黙って聞いていた。動じた表情は浮かべていない。

グループが、わたしを通して当局の動きを読み取ろうしているとばかり思っていたが、現実はまったくその逆だった。当局の一部の者――行き場を失った者が、グループとつるんでわたしを弄んでいたのである。

それは、蔡と〝相棒〟という二人の不法滞在中国人からグループ内日本人のリストを見せられてときにもいやな予感がしたものだったが、それを奥村警部の偏見まみれの見立てが決定づけた。

わたしはとんだ道化者だった。この間、なぜそこに気付かなかったか。仕事の上では、誰をも信じてはいけないはずだったのに――。

前著『世田谷一家殺人事件――侵入者の告白』を、あのように激しく非難したのも、他でもない警察だったではないか。一冊の書籍について、警察があれほどの〝批評〟をしたことはないという。某全国紙によると、あのようなことは「まずない」のだそうだ。

前作の冒頭にわたしは、「捜査関係者の中にはわたしが導き出した結論を一笑に付す者がいるかもしれない」と書いた。その通り、警察は一冊の書籍など一笑に付しておけばよかったのではないか。わたしとすれば、あのような警察の反応に意表は突かれ、続くバッシングに辟易させられたものだ。当時こそ、警察のあのような行為の真意がわからなかったが、なるほど、いま初めてこの疑問の回答の端緒に立ったような気がする。

その間、わたしはいくつかの確認を試みた。すべてそれが満足のいく結果になっていたかどうかは、わからない。ただ、ふたつの新しい事実をつかんだ。

蔡と〝相棒〟から見せられた日本人十名が書かれたリスト。そのうちのひとりは、どうやらわかりかけている。あとの九名についてなんとかわかる方法はないものか、思案してみた。

警察という特殊な組織に正面からその人の在不在を問うても、まともに答えはしない。それはこれまでの経験でわかっていた。脇田刑事のような同業に問い合わせるのは一番だが、それも一人、二人といったところがせいぜいである。現に菅原公安刑事の問い合わせにしても、結果はわかったが、それ以上の問い合わせは暗に拒絶されてしまっている。今残っている九名もの名前を見せたところで、それが無駄になることは分かりきっている。

どうすればいいか。立往生してしまった。なんとなく考えていると、ある男の顔が浮かんだ。ああそうだ。

早速、電話をした。

「へいへい」

甘ったれたような関西弁の男が電話口に出る。阿波訛りなのだ。

「ご無沙汰してまんな。齊藤さん、お元気でしたか?」

「なんとかね。阿波野さんこそお元気でしたか。しばらくですね」

阿波野という男は奇妙な人物である。何をしているかわからない。八っちゃ場のオヤジだという話を聞いたことがあるが、その場面に遭遇したことはない。希代の相場師だった林輝太郎氏の右腕などという人もいた。わたしも、阿波野氏から〝大手亡〟だとか、〝ショウズ(小豆)〟などと、相場を張る人以外使わない言葉を耳にしたことがあるので、その説には頷けるところもあるのだが、この人が蛎殻町あたりでうろついている様は見たことがない。数年前、ある上場企業のトップに対しての恐喝だか強要かなんかで実刑を喰らったと聞かされたが、それも確かめていない。恐らく、それも事実半分、虚構半分といったところだろう。

そんなことはまあいい。肝心なのは、この阿波野氏が警察の事情に詳しいということである。

人事はもとより、警察内の隠された不祥事やこれからの方針まで、幅広い情報を仕入れてくる。むろん、その情報はすべて正確である。

阿波野氏に、例のリストの残り九名について聞いてみた。

「なんや知らんけど、まあ、調べてみまひょ。ちょっと待っとってください」

阿波野氏はいつでも飄然としている。何を考えているのかよくわからない。

「齊藤さん、ええですか？　今、言いましょか？」

挨拶も何もなく、阿波野氏からこんな調子で連絡があったのは先の依頼より二日後だった。

「やっぱりいたんですね？」

わたしは阿波野氏の言葉に手応えを感じていた。

「二人おりましたわ。今、ここで（電話で）言うてええですか？」

「お願いします」

「ええと、三番目の××△雄、六番目の××▽彦、ですわ」

阿波野氏はわたしが書き写した十名の名前を、まったく同じ順番で引き写していた。この男は頼まれればいい加減なことはしない。

「どんな人ですか？　いや、公安部のどこにいるのかということですよ」

「お二方とも、もう辞めてますわ。一人はギョウヨコ。一人は不適切な関係、ですね。三年前と去年。だから、二〇〇六年と（二〇〇）八年か」

ギョウヨコとは業務上横領のことで、不適切な関係とは捜査対象者との癒着あるいは、男女関係のことである。どちらも警察官であれば、いつでも落ちることがあり得る陥穽である。

「さすがですね。彼らは、前はどこにいましたか?」

「三番目が公安三課、六番目が外事一課、でしたわ」

「なるほど――」

わたしはひとり唸っていた。右翼担当と北朝鮮か。さもありなん、といったところだ。

日本人バンカーと弁護士

蔡と〝相棒〟の中国人コンビが、どうしてあのリストをわたしに見せ、「調べて欲しい」などと思わせぶりなことをしたのか、その理由も朧気だが判ってきた。

それもまたこれまでのように全くの見当はずれかもしれないが、彼らなりの極めて恣意的な目的があったことは確かなようだ。

阿波野氏がつかんできた情報と併せて、さらに二人の名前の正体がわかった。

ひとりはバンカーだった。もうひとりはロイヤーである。

怪しげなファンドをいつも持ちかけているブローカーがいる。ファンドといっても、中国や韓国のそれである。今の世の中、こうした国発のファンドが一番調子がいい。ただ、ファンドなどと格好をつけていても、所詮は体のいい、それでいて不安定なカネ集めに過ぎない。

そのブローカーは、アオキアキラと名乗る在日韓国人である。本名は知らない。わたしが追いかけるグループとは縁のない正規の入国者で、日本に帰化した人である。大阪出身だが、今は東京に住んでいる。家族を大阪環状線桃谷駅付近に残しているようなことを以前言っていた。

わたしはアオキアキラに残り七人のリストを見せて、知らないか、と尋ねた。

「誰？　この人ら」

「知らない」

「齊藤さんが知らんて、ワシが知っとるわけないやろ……。おや、ちょっと待て。こいつ、どっかで聞いたことある奴やな」

アオキアキラはわたしのメモを見ていたが、ある人物の名前で眼が止まり、そんなことを言った。

「××▲郎、か。誰これ、何者？」

「銀行マンよ」

「銀行マン？」

「そう。だけど、元。今は××ホームという会社の顧問だと思うで」

「顧問ね。わけが判らない役職だな」

「中国系のファンドを笠に着て、その会社に入り込んだんよ」

「中国ファンドの回し者なの？」

「そうや。だけど、韓国ファンドの回し者になるときもあるわな。そんなん普通のことやないの」

「この人どこの銀行にいたの？」

「日債銀」

「いくつくらい？」

「五〇前やろ」

その男は多分、エリートだったに違いない。その歳なら、入行した頃は一番いいときの日債銀だったはずだ。

「どこの大学出ているのかな」

「一橋や」

わたしは、中国系のファンド云々の話が出たときから、思い出していたことがあった。相模原の韓国料理屋「オジョリ」で、鄭が自慢げにとうとうと言っていたではないか。あの潰れたような顔の婆さんの通訳で。「ファンドを担当するグループだってあるんだ」などと。

あれか――。わたしは納得していた。

グループに関係することとなったら、生半可な能力では参加することは出来ないだろう。その男は日債銀時代、恐らく名うてのバンカーだったに違いない。グループの資産の運用ともなれば命がけだ。

アオキアキラは、そのバンカーと手を組んだ連中が仕掛けたファンドが、インチキだということを口角泡飛ばして説明した。退屈以外のなにものでもなかったが、その話に熱心に耳を傾ける振りを二時間あまり続けてもおつりのくる情報を先にもらってしまっている。

もうひとりは、わたしの古くからの知り合いである保科という公認会計士が教えてくれた。保科氏は公認会計士でありながら、どこかの監査法人に属するわけでもなく、ひとり事務所を持って、誰かのアカウントを見ている。とにかく顔が広い。特にウラの人脈には精通しており、そういう筋から敬意を払われていると聞いていた。

「先生、こんな人ご存じですか？」

「どれどれ、なんだい？　この連中は。齊藤君が持ち回るくらいだからろくな連中じゃないね」

「さっぱりわからんのですよ、何者だか」

「あれ、これ、オレが知っている弁護士だぜ」

××▼夫――なんでも聞いてみるもんだ、そう思うべきなのか。あるいはこの公認会計士の顔の広さに改めて感嘆すべきか。

「専門は金融だったが。事件がぶつかったことがある、オレが訴えられる側にいた。嫌味な弁護士で、ペンシルバニアだかどっかの州の弁護士資格も持っていた」

わたしはすぐに弁護士年鑑をめくってみた。随分以前の年鑑には顔写真入りで掲載されていたが、ここ数年のものにはそれがなくなっていた。年鑑に掲載しない弁護士もいるから一概には言えないが、今は廃業しているのかもしれない。

しかし、元でもなんでも、得意分野の法規は駆使することは出来るだろう。その弁護士も、けものみちに足を踏み入れたのか。

これまでほとんど手がかりがなかったグループの実情というものが、ここに来て、その一部がわかりかけてきた。むろんそれはすべて、とはいえない。しかし、板橋事件を境にザワザワと動き出した〝壁〟はところどころほつれ、その後にある本性をそぞろ見せ始めた。

グループ——そこには警察官だけではない。バンカーもいる。ロイヤーもいる。むろん彼らはれっきとした日本人である。わたしは実際、一部ではあるが彼らに会っている。

そこにいる者としては、なんとも相応しい顔ぶれである。彼らは、行き場のない男たちなのだ。多分、グループの連中と同じように。

板橋事件から見えてきたもの

板橋資産家殺害放火事件が、図らずもグループを取り巻く厚い壁に蟻の一穴を穿ったのは間違いない。そこにはなにがあったのか。単純な仲間割れか、あるいは分け前の不平等があったのか、もしくは——。

事件そのものの取材に出遅れていたわたしは、グループの動揺と事件との密接な関係を知ってから、必死になって彼らの間をかけずり回った。

その過程で、ある不法入国者からこんな証言を取った。語り部たる不法入国者は、偶然会ったわけでも、都合良く登場してきたわけでもない。とにかく当たれるだけの伝手を手当たり次第にたどった結果だった。

「セタ（同事件の被害者、瀬田英一さんのこと）ハ、ヨウジンブカイ――」

「ライウノヨ（雷雨の夜）――」

さらには、

「フタツノハン（班）。リーダーフタリ。フタツノクニ」

そして、

「ユカシタ（床下）――」

がむしゃらに取材して、まるで砂金のようにようやく掘り出すことができた証言はたったこれだけだった。

わたしがこれまで聞いてきた縷々たる語りに比べれば、これらの証言はまるで暗号でそれも断片だが、事件を詳しく知るにつれ、この証言が意味を帯びてくる。ましてこれらをグループの一員が言ったとなれば、その意味はさらに深まってくる。

まず、最初のセタ～とライウノヨ、というのはいつもセットである。

被害者の瀬田英一氏夫妻は、とても慎重で用心深い生活を送っていた。その際たるものが、広い敷地の四方に張りめぐらせていた赤外線センサーである。このセンサーは、就寝時はもとより、二四時間作動していた。この家に大手を振って入る用事を持っている者も、実は迂闊に門までたどり着けないようになっているのだ。なにしろ、家人が自宅に外出先から戻ってきたときもこのセンサーは作動していたのである。つまり、いかに公明正大な用件でこの家を訪問しても、家人に連絡しておかなければ、飛び上がるような警告音で迎えられることになる、ということだ。

そして、ライウノヨ（雷雨の夜）という証言である。

犯行があった夜は雷雨だった。梅雨が近づいていた。雷雨の夜は、それが深夜であればより音をかき消してしまう。だから、この夜の犯行となった。

何の音を消すのかはいうまでもない、センサーが感知して同時に鳴らされるけたたましい警告音である。つまり、ライウノヨというのは計画のうち、ということになる。いつの夜でもよかったというわけではなかったのである。

この事件の担当捜査官のひとりは、「捜査本部でも、雷雨の夜の犯行という点に目を付けている捜査官もいる」と話し、そのうえで「犯行時にセンサーが作動したことは間違いないはずだが、それでもいまだに警告音を聞いた、という聞き込みのあたりがない」と付け加えた。

第二に、フタツノハンという証言である。

事件の捜査官は次のように言っている。

「今のところ、初動の時からずっとそうなのだが、一応単独犯と見ている。が、実際に殺した者と家に火をつけた者が同一かどうか、これがわからない……」

つまり単独犯ではなく、〝ふたつ〟（パターン）の犯人がいるということである。証言から通して見ると、ここは〝ふたつ〟が正しく、決してそれは〝ふたり〟ということではないと思われる。

つまり捜査官が指摘している通り、殺人の実行者と放火の実行犯という意味ではないか。

「これまでに起きている殺人放火事件の多くは、殺人の証拠隠滅のために放火をしているわけだが、被害者は虫の息というか、完全に呼吸が停止する前に火が掛けられている。つまり、完全に死ぬ前に火がつけられているケースがほとんど。その証拠に、ほとんどのケースは被害者の肺の内側に煙がこびりついている。

ところがこの事件の被害者ふたりの肺はきれいなものだった。つまり、犯人は絶命したあと、悠然と火をつけている。こんなことを同一犯がするか、あるいは、できるか。むろん、しないわけもなく、できないわけでもない。世田谷一家殺人事件の犯人は、コロシのあと何時間も現場にいたよな？　そんな特殊な場合もある。

けれど、やっぱり、殺人と放火の間に不自然さはある。ここが意見の分かれるところではあるんだ。こういう意見はやっぱり、経験則に基づくことが多いね。こういうことだ、このふたつを切り離してそれぞれに実行犯を見立てた方が整合性があるんじゃないか？　こんな意見もあることは事実なんだ」

警察の見方はこんな塩梅だが、わたしは、グループの証言の断片から、やはり〝ふたつ〟説を採る。

そこで重要なのは、〝フタツノクニ〟である。この〝クニ〟すなわち国が、グループを構成しているふたつの北東アジアの国であることは、間違いなさそうである。

このふたつの国のふたつの班が、ふたりのリーダーの下、殺人と放火をそれぞれ担当したと思われる。それらの行為の間にある事件の真相、つまり、カネの強奪については、どちらの班が担当してもいい。

この事件がカネ目的というのは、最後の証言片である〝ユカシタ〟からもうかがえる。

先の捜査員の話。

「被害者はなぜか、あり余る現金を金融機関に預けるだけじゃなく、自宅に持っていたんだよ。総額はいくらかわからない。残っていた現金は数万円だった。それは床下にあった。布団の下に敷いていたなんてことも言われていたが、あれは、あんたたちの面白半分の創作。実は、床下にそれ相当量の札束が入る自家製金庫があった。その床の上に布団を敷いて寝ていたから、〝布団の下の札束〟ということになったのだろう。その自家製金庫には、少なくとも数千万円分の札束が入るスペースがあった。これまでも金銭被害の総額はいわれていないが、実際のところ、数千万円単位のカネがなくなっているはずなんだ」

〝ユカシタ〟の自家製金庫とは、なんとも妙な話だが、そのことを彼らはちゃんと指摘していたのだ。

結局、この事件が彼らグループの在り方を攪乱させた、というのは、間違った見方なのか。それを単なる内紛などというのは間違いか？

わたしは、あながち間違っていないように思っている。この事件が起きる前、起きてから、グループはこれまでに見たこともない動揺を見せ始めたことは確かなのである。

板橋資産家殺害放火事件の余波が、巨大な渦になって関与する者を計算外の場所に追い込んだ。そのおかげで、わたしの方は彼らグループの実像を覆う数十枚の着衣のうちの数枚がめくれ、瞬間ではあるが、見たこともない部位を見ることができた。

策謀と「クリミナル・グループ」

いわゆる〝反日〟は、地震のようなものだ。小さい規模のものはしばしば起きる。が、大きい規模の地震は、忘れた頃にやってくる。

反日を露わにする国々を思い起こして欲しい。彼らのやり方を思い起こして欲しい。

彼らは、何かのはずみで国民の統制が取れなくなりそうになると、伝家の宝刀〝反日〟を掲げる。ばらけそうになった国民の意識を反日でひとまとめにしようとする。緩んだ国民のタガは、ここで再び締まる。たちまちきつく締まっていくのだ。

この古色ゆかしき古典的策謀は、いつだって使われる。いつだって引き抜ける、切れのいい刀のようなものなのだ。そして何回使おうとも、それはいつも新鮮で有効なのである。

行き場を失った人達（流氓《リュウボウ》）が、そのクラシカルな策謀とどこで結びついてもおかしくない。行き場を与え、行き場を得る。お互いの嗅覚が優れていることは、これまでに実証済である。

彼らグループが、反日というところで徒党を組んでいる、そんな荒唐無稽なことを言っているのではない。ときには反日を使い、自分達の結束を図るような国々が主体となってグループは構成されている、そういう事実がある、というだけだ。

ミャオロンこと地下室の男は、グループのことを「進化している」といった。

陳腐で、そうはいってもいつだって有効な〝策謀〟も、進化の波に含まれているはずである。反日の策謀を繰り返す某国群と、「クリミナル・グループ」を構成する某国群がオーバーラップすることは、誰もが知っていることだ。そしてそれらの国が、欧米が一歩退いたあとの我が国の金融市場すら席捲しようとしていることも、誰もが肌で感じていることであろう。

「クリミナル・グループ」は、間違いなくここ《ニッポン》に定着している。

一般的に彼らは、それぞれバラバラに見なされているかもしれないが、わたしはここ十年間の取材から、特定の集団と認識したほうが合理的だと思うようになった。

世田谷一家殺人事件の探求から始まった彼らへのアプローチは、いまだ道半ばである。いや、半ばまで到達していない。なにしろ、指針など一切ないのだ。進んでいるのか退いているのか、それすらも、実のところ判っちゃいないのである。いたちごっこどころか、彼らはいつもわたしの数百歩は先をバタバタとやかましい音をたて、砂塵を巻き上げながら駆けている。新事実を知ったと思ってみても、彼らはもうそこにはいない。

彼らは、今現在も動き続けている。

それはまるで、顕微鏡で拡大されたプランクトンのようだ。縦横無尽どの方向にも不規則に突き進んでいる。ひとつの細胞はくっついては離れ、また離れてはくっつく。分裂し、膨張し、そして消え、現れる。

その動きはやがて進化を目指していく。進化しながら、定着していく。

わたしは追いかけていく。そのつもりになっているだけかもしれない。それでも、追いかける。

そこには、ただ知りたい、という思いばかりがある。

誤解を恐れずにしたためれば、彼らに対する興味がなにかの役に立つ、という思いがあるのだ。

彼らの実態を知ることが、振り返る間もなく命を奪われた人達へのほんの微細な悼みになるのかもしれないと信じようとしている。

しかし、いくら進化しようとも、定着しようとも、やはり彼らの生態を晒したいという思いは捨て切れないのだ。

わたしは何度となく思っていた。

そのとき、そこについていた指紋を照合していれば——。

そこに飛沫した唾液をＤＮＡ鑑定していれば——。

どんな展開が開けていたか。それは誰にもわからない。

こんな追及は誰もしていない。だから、誰にもわからない。

SOMETIMES IN WINTER

二〇〇九年の冬が来た。

何かが大きく変わったように見えても、実は、何も変わっていない。

相模原のヤード、ミトク（美徳）という会社。星山、鄭、その仲間。そして「オジョリ」――。

在日あるいは、不法入国の韓国人たちが中心になっているグループと拠点は、今は行方がわからない。ちょっと前まであんなに頻繁に会っていた連中だったが、今は誰ひとり連絡が取れない。

ただひとり、彼らを繋いでくれた全氏は、これまでと同じように自分の事業に勤しんでいる。全氏の前で、星山らあの仲間の名前を出すことはないだろう。

ヤードには人が去ったプレハブが残り、その周りや中にあった、たとえば車の残骸は、すっかりなくなっていた。「オジョリ」の跡は、いまだに更地のままである。いっときそこに放り出されていたはずのあの店の建材には、きっといろいろな重要人物の指紋が残っていたに違いないが、それも知らない間に撤去されていた。

さらに、店の主人と婆さんは今、どこにいるのか。また同じような拠点の主として、よくわからない料理を造り、白濁した酒を甕に注ぎ込んでいるに違いない。

中国人を中心としたグループ。

こちらは韓国系と比べて、案外、したたかなようである。

蔡は赤坂のあのビルにはいまだに引っ越しておらず、元からいた新宿の古ぼけたマンションにいる。もう半世紀もそこにいるような顔をして、いつものソファーに座っている。この間の騒動などまるでなかったかのようである。

ただ、蔡と違って〝ミャオロン〟〝相棒〟といった連中とはまったく音信が不通となっている。祖国に帰ったのか。あるいはいまだにこの日本のどこかにいるのか。仕事をしているのか。仕事をうまくこなして、帰国する準備に勤しんでいるのか。皆目わからない。

あのとき、彼らが示したあのリストは、今、誰の手にあるのか。

引っ越すはずだった例の赤坂みすじ通りのビルは、今も同じように廃ビルとなったままである。一体誰があそこに再び灯《あかり》を点すのか。

そして、菅原公安刑事は今、どこにいるのか。

そのほかの公安刑事や弁護士、元バンカーたちは今、どこを漂流しているのか。

わたしは、世田谷一家殺人事件の取材をきっかけに、グループの追及を始めた。いまだに、事件についても、彼らについても、結論は出せていない。本作でもその解を求めて彷徨ったが、いまだに彷徨い続けている。

だから、わたしはやっぱり、これまでと同じように見知らぬジャングルに足を踏み入れようとしている。

その時、彼らはいつものように、こう迎えるだろう。

〝WELCOME TO THE JUNGLE〟

そこに入り込んでしまったら、抜けだそうなどとはゆめゆめ思わないことである。入り込み、そこに身を委ねるのが、まずは第一である。

しかし、それだけでは、いかにも無為なのだ。錯綜しているように見える線は一気にひとまとめになり、またほつれていく。

どうしてそんな運動を続けなければならないのか。

それは、彼ら自身も皆、行き場のない男達（流氓）だからだ。

わたしは、この先も彼らの跡を追って、先の見えない取材を続けなければならないことを知る。

3・11以降のグループの〝進化〟

二〇一一年三月一一日、東日本大震災――。

未曽有の天災は、日本国民の生活意識や生活様式をガラリと変えた。価値感すら一変させた。

その一方で、グループも変化した。高まってきたように見えていた彼らに対する警戒心を含む関心は、震災によって一気にその水位を下げる。必然的である。その現象は彼らにチャンスを与える。

グループは一時は抑えられそうになりかけた頭を、震災直後から擡げだした。震災に絡む火事場泥棒のような犯罪を除くと、グループがことさら進化し、複雑化し、定着してきていることに気づかされる。

日本人になりすましパスポートを不正入手　容疑の中国人男ら3人逮捕

日本人になりすましてパスポートを不正取得したとして、警視庁組織犯罪対策1課は、有印私文書偽造・同行使と旅券法違反の疑いで、中国籍の自称、翁清（32）＝東京都府中市宮西町＝と林小花（34）＝同＝、自動車修理業、若林進（52）＝栃木県足利市大前町＝の3容疑者を逮捕した。同課によると、林容疑者は容疑を否認し、ほかの2人は認めている。

翁容疑者らは顔写真のない身分証2通を提示すれば顔写真付きの住民基本台帳カードが作成できることを悪用。知人の日本人男性（30）から住民票、健康保険証、キャッシュカードなどを譲り受けて足立区役所で、翁容疑者の顔写真付きで男性名義の住基カードを作成。男性を装って住基カードを提示し、パスポートを取得したという。翁容疑者はパスポートを使って中国と日本を3回往復していた。

逮捕容疑は平成23年6月、知人の日本人男性名義のパスポートを申請し、男性名義のパスポートを取得したとしている。（二〇一三年三月一〇日付産経新聞より引用）

偽造在留カード提供容疑　中国人の男ら再逮捕

愛知県警は30日、偽造された在留カードを中国籍の女に渡したとして、入管難民法違反の疑いで、中国籍の毛家福容疑者（33）＝名古屋市瑞穂区＝を再逮捕した。妻の林丹容疑者（30）＝同＝も偽造在留カードを所持しており、同容疑で再逮捕した。県警によると、林容疑者は

「夫から偽造カードをもらった」と供述。毛容疑者が日本で購入希望者を募り、中国に注文するブローカー役だった可能性が高いとみて調べている。

（中略）在留カードは外国人登録証明書の代わりとして、昨年7月に導入された。（二〇一三年七月三〇日付産経新聞より引用）

外国人犯罪は、これまでほぼ捜査一課（強力犯）の範疇だった。ところが引用した記事のように、北東アジア系の入国者による犯罪は、捜査二課（知能犯）や生活安全課の領域を十八番《おはこ》とするようになってきている。犯罪内容ということではなく、グループの体系化がぐっと稠密になったことを進化と見なす。

先に引用したような事件が頻々と起きている。これらは検挙されたわけだが、検挙されない事件は、それこそ膨大な件数に上るはずだ。かつて、取材で老公安刑事が教えてくれたように、検挙数はますます下がっているのである。一方で粗暴犯は、彼らグループの中核をなす国々の出身者ではなく、違う地域の出身者に〝禅譲〟されていくようだ。

これはいったい、何を意味するのか。

外国人犯罪とはそもそも何か。この日本において、彼らは何をしたいのか。

震災で何もかも失った地域の片隅にたたずみ自問自答してみるが、回転の鈍い私の頭には何も浮かんでこない。

二〇一三年一一月、もうひとつ注目すべきトピックがある。それは、時が押し流してしまっていた外国人犯罪者が、その一ヶ月の間に降河し、回遊の長旅を終えたウナギみたいに群れて遡上してきたようだった。

二〇〇一年一二月二六日に起きた大阪風俗嬢殺害事件、その約三週間後の二〇〇二年一月一八日、大阪から五〇〇キロ以上離れた大分の山峡の地で発生した恩人殺し、いずれの事件の主犯である、元留学生で国際指名手配犯、朴哲が、一一年の時を経て中国国内でその身柄を拘束された、という一報が飛び込んできた。

「あんた、ＰＡＫＵが中国でガラ（身柄）、抑えられたってよ、中国行ってこいよ」

ずいぶん長い間会っていなかった本庁捜査一課の南村刑事が一一月初頭、唐突に電話してきた。

「おお、朴哲。生きていたのか、やっぱり中国に戻っていた、ふうん……」

「ふうんってあんたなあ、あんたは世田谷事件の主犯のことを一番知っているひとりが、朴だって書いていたんじゃなかったか？」

「朴は、中国でなにかやらかしたの？」

「わからない。そうじゃないと思う。あくまで中国側から、（朴の）身柄を拘束したという業務報告があっただけだ。サッチョウ（警察庁）を通じての話だから……」

「南村さんの会社（警視庁）はそれだけだろうけど、大阪（府警）や、大分（県警）の方は、もっと詳しい話が入っているんじゃないか？」

「あんまり変わらないと思う。とにかく、追いかける価値はあるんじゃないのか？　フフフ」

朴哲がいかなる理由で拘束されたかは知らないが、大阪や大分の事件以外に、きっと世田谷一家殺人事件のことも口にしているに違いない。いや、必ず仄めかしている。なんとか朴の証言なり、ちょっとした言葉の断片が取れないものか。蔡？　奴は自分の利害が絡まない場合には一切の関心も関わりも持たない。あとの連中は、今やどこにいるのか見当もつかない。結局、手を拱くしかなかった。

その間、大阪と大分の知り合いの刑事に、朴哲の身柄拘束のことを電話で尋ねてみたが、南村刑事のそれを超えるようなインフォメーションはなかった。彼らも、突然の朴の登場にやや面食らっているような声を出していた。

日本で起こした事件で国際指名手配になっているのだから、当然、日本に連れてきて、日本の国内法で朴哲を処するべきではないのか？　なぜそれをしないのだ……。

「知ってるでしょ？（日中間には）犯罪人引き渡し条約がないこと」

高橋という東大卒の警察官僚が、たっぷりと砂糖を入れたコーヒーをすすりながら、教えてくれている。

「おかしいな、カナダから移送されてくるはずの中国人（その時は、何亮の名前は知らなかった）の場合も……」

「カナダの場合は、（カナダ国内の）一審でも控訴審でも、（何の）身柄を引き渡してもいいという判決を取っているんですよ、そのうえで移送してくるんです」

カナダも中国同様、日本との引き渡し条約はない。

「そうなんですか、すると、朴は中国内でどんな扱いになるのですか？　中国では犯罪者じゃなかったなら、拘束したからっていっても、まさか刑に処するわけにはいかないでしょうし……。それとも国際法で対処するのかな」

「違いますね、代理処罰をするんですよ、こういう場合は。中国の国内法でね」

国際法などと、とんちんかんなことをいったわたしを笑いもせずに穏やかに教えてくれる。

朴哲が何を言ったか、何が何でも聞きたいのに、ご親切に中国の国内法に基づいた代理処罰をするという。何のように、日本に移送することを中国に要請できないものか。

「中国はそりゃカナダとは違います」

蹈鞴《たたら》を踏むとは、このことである。

「先の武田（輝夫）のように、極刑は望めませんね、今までの事例を見ても」

「――」

日本はクリミナルグループ天国、か。

この国の将来を本気で、そして真面目に心配しなくてはいけなくなってきたことだけは、確かなようである。

エピローグ

メロディーは覚えやすい。

ビートルズのなかでも多くの人に好かれている曲のうちのひとつである。わたしは確か、中学生の時に知り、必死になって覚えた。

しかし、キャッチーなメロとは裏腹にその歌詞は、厳しい。

わたしは、彼らグループのわずかばかりながらの実像を知ってから、いつしかこの曲が、頭の中にこびりつくようになった。きれいなハモが、彼らを憐れんでいるように聴こえてくるのだ。

Nowhere Man

He's a real nowhere Man,
Sitting in his Nowhere Land,
Making all his nowhere plans for nobody.

Doesn't have a point of view,
Knows not where he's going to,
Isn't he a bit like you and me?
Nowhere Man, please listen,
You don't know what you're missing,
Nowhere Man, the world is at your command.

わたしひとりの追及などたかがしれている。

真実の追究、などと気張ってはみても、どこまで迫れるかはわからない。まして、わたしが追及しようとしているものには、なんの物差しもなく、また、前例や参考になるものがある、というわけでもない。何が正解で何が見当違いで何が不正解なのか、それもわからない。

わたしはこの作品で、出来る限り取材そのものを再現させた。ある時はまったく明後日か一昨日の方向に身を乗り出しているときもあるだろう。その右顧左眄も読者と共に歩いてみたいと思ったのだ。なかにはより賢明な歩き方に気づかされることもあるだろう。よりその内情に肉薄しているような指摘もあるだろう。

そんな〝声〟を一度でもいいから聞いてみたい。

齊藤 真（さいとう・まこと）
ジャーナリスト。週刊誌記者を経て、フリーランスに。
著書に『世田谷一家殺人事件　侵入者たちの告白』（草思社、筆名：齊藤寅）、『関西電力「反原発町長」暗殺指令』（宝島社）がある。

暗躍する外国人犯罪集団

2014年2月25日　　初版第1刷発行

著者 ―― 齊藤　真
発行者 ― 平田　勝
発行 ―― 花伝社
発売 ―― 共栄書房
〒101-0065　東京都千代田区西神田2-5-11 出版輸送ビル2F
電話　03-3263-3813
FAX　03-3239-8272
E-mail　kadensha@muf.biglobe.ne.jp
URL　http://kadensha.net
振替 ―― 00140-6-59661
装幀 ―― 三田村邦亮
印刷・製本 ― 中央精版印刷株式会社

ISBN 978-4-7634-0692-7 C0036